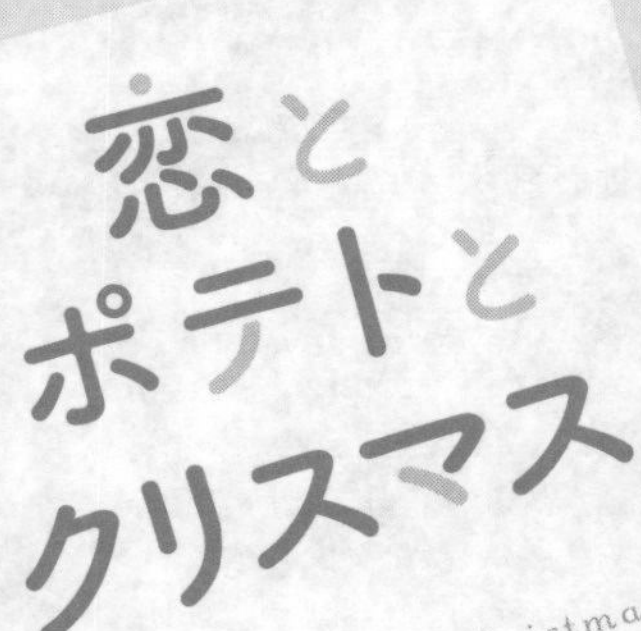

恋とポテトとクリスマス

Love & Potato & Christmas

Haruma Kobe

神戸遥真

講談社

恋とポテトとクリスマス

Eバーガー3

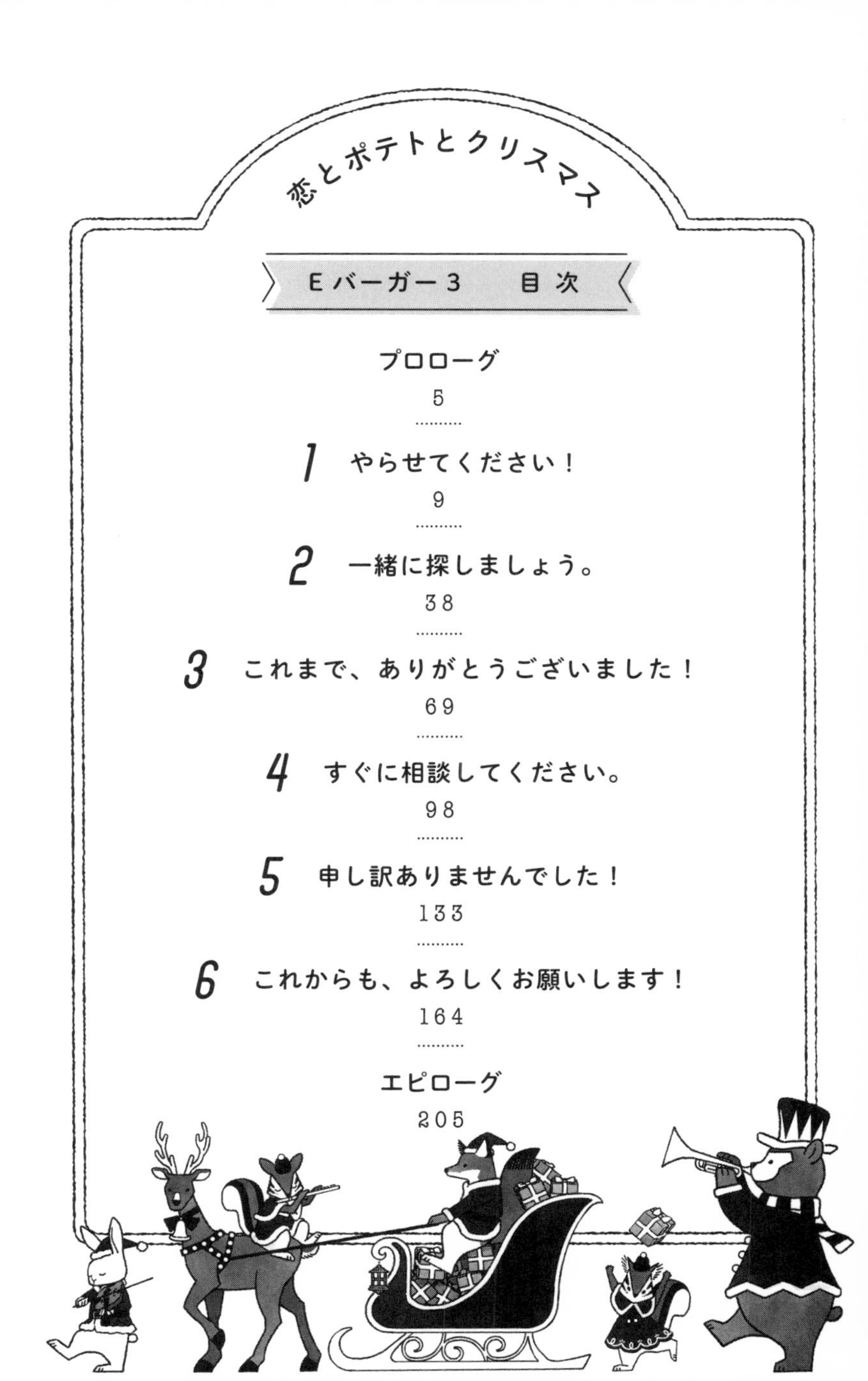

恋とポテトとクリスマス

Eバーガー3　目次

装画
おとない ちあき

装丁
岡本歌織（next door design）

プロローグ

高校一年生の夏休み。

色んな偶然とか勘違いとかそんなものが重なって、私はファストフード店のEバーガーでアルバイトをすることになった。

どうせ予定も何もない夏休み、何か新しいことをやってみよう、くらいのつもりで始めたアルバイト。

最初は挨拶一つろくにできなくてどうしようもなかったけど、色んな人と知り合って、仲よくなって、次第にできることも増えてきた。

家と学校しかなかった私に、新しい居場所とやれることができた。

それから、好きな人もできた。

私に仕事を教えてくれて、色々相談にも乗ってくれた源くん。

知り合った当初はものすごい塩対応だったし、今でも何かとぶっきらぼうだけど、とってもまじめで、本当はすごく優しい人。

そんな源くんとアルバイトで会えて、一緒に仕事ができるだけで私は十分幸せだった。

けど。

源くんは、アルバイトの先輩でもある萌夏さんのことを好きっぽいってことに私は気がついた。

——ホントに、ホントになんにもないからね？

でも、萌夏さんはそんな風に言ってくれて、私が好きでいてもいいのかなって思った、そんな矢先。

文化祭の日のこと。

クラスの友だちである深田さんが、源くんに告白した現場を目撃した。

返事はどうだったか訊くと、深田さんは答えた。

——思ってたとおり。

深田さんの控えめなそんな答えに、そりゃそうだって思った。

深田さんはかわいいし、私よりずっと社交的で、気配りもできるいい子。

深田さんが〝思ってたとおり〟、うまくいくに決まってる。

何より、こっそり想ってるだけで何もできなかった私は、先を越されても文句は言えない。

そして時を同じくして私の方はというと、アルバイトの先輩、隼人さんにデートに誘われた。

——一緒に舞台、観に行ってくれませんか？

大学生の隼人さんは、私が演劇に興味を持ち、そしてアルバイトをすることになったきっかけを作った人。それから、女子にすごくモテる人でもある。

何かの冗談じゃないかと思ったけど、これもどうやら本気っぽくて、もうどうしたらいいのか全然わからない。

おまけに、隼人さんは通りかかった源くんにこんなことを言った。

——俺、優芽ちゃんのことデートに誘いたいんだけど。かまわないよね？

すると、源くんはすぐに答えた。

——それ、俺に許可取る必要ないっすよね？

その答えによって、私の失恋はいっそう決定的なものになったのだった。

……そんなわけで、アルバイトを始めて数ヵ月。

何もなかったはずの私の周りでは色んなことが起こりまくり、季節は秋から冬に移ろうとしている。

1. やらせてください！

中間テストに文化祭と慌ただしかった十月はあっという間に過ぎ去って、気がつけば十一月。

その日、放課後になってEバーガー京成千葉中央駅前店に行くと、楽屋の雰囲気がすっかり変わっていた。

壁の掲示板には、店舗目標やお知らせなどがプリントされた紙がきっちりと前へならえをするように整列して貼られている。今までは近くの映画館の上映スケジュールやチラシなどが、所狭しとごちゃごちゃ貼られていたのが嘘みたい。

文具や救急箱がしまってある棚も整頓され、プレイヤーの制服がかけられているハンガーラックや荷物置きのロッカーも心なしかすっきり。

そして、壁の一角に貼ってある「働くみんなでハーモニーを奏でよう♪」というキャッチフレーズの紙。以前は年季が入って端の方が破れたりしていたけど、新しい紙に印刷し直されていかにも心機一転って感じ。

ちなみに、Ｅバーガーは店を一つのオーケストラに見立てていて、従業員のことを「演奏者」、控え室のことを「楽屋」って呼んだり、仕事中にも音楽用語を使ったりする。

と、こんな感じですっかり慣れたはずの空間が知らない場所みたいに思えて、寂しいような緊張するような気持ちの置き場に困る感覚で、私は入口で立ち尽くしてしまった。

「――あら優芽ちゃん、おはよう」

背後からふいに声をかけられ、ぼうっとしていた私はパッとふり返った。

私と同じくアルバイト従業員だけど、社員と同じく発注やクレーム処理などの仕事も任されているリーダーの青江さんが立っている。リーダーの目印でもある黒いベストの制服姿。

仕事の挨拶は時間に関係なく「おはよう」。私も「おはようございます」と返して訊いた。

「青江さん、今アップですか？」

「そう」

高校生の息子さんがいる主婦の青江さんは、平日は午前中から夕方まで働いていて、放課後に働いている私とは入れ違いになることが多い。

青江さんと一緒に入ると、楽屋の見慣れない感じが薄らいだ。

「楽屋、ずいぶん綺麗になりましたね」

そう話しかけると、青江さんはロッカーから自分の荷物を取り出し、いかにもって感じで大きなため息をつく。

「新巻店長が綺麗にしたんだよ」

この店の唯一の社員でもある諏訪店長が倒れたのは、文化祭が終わった日の夜、十月下旬のこと。

すぐに代理の社員さんが本部から派遣されて諏訪店長の抜けた穴を補っていたけど、一週間後、諏訪店長の休職が正式に決まった。

そして、新たにうちの店の店長としてやって来た社員が、新巻店長である。

諏訪店長と新巻店長は歳は同じ三十代半ばくらいのようだけど、そのキャラはまったくの正反対。穏やかでおっとりした性格の諏訪店長に対し、新巻店長は何においても無駄なくテキパキしていて、冷静沈着なメガネキャラ。楽屋の整理整頓をしたっていうのも納得。

「なんでもかんでも、変えればいいってもんじゃないと思うんだけどねー」

パイプ椅子を広げて座った青江さんは、ぶつぶつ言いながらスマホを取り出す。

ベテランバイトの青江さんは、諏訪店長よりもこの店での勤務が長い。やり方が変わったりすると、思うところがあるのかも。

青江さんが譲ってくれたので、私は先にパーティションで区切られたスペースでＥバーガーの制服に着替えた。

Ｅバーガーのプレイヤーの制服は、ダークグレーの半袖シャツと、黒のパンツ。肩に届く髪は二つに結って、頭には赤と緑の音符の刺繍のあるバイザー。

お店の制服に着替えると、たちまち気持ちが引きしまる。

着替え終えて荷物をロッカーに入れたりしていると、すぐにＩＮ時間になった。

「じゃあ、お店に出ますね」

「がんばってねー」

青江さんに見送られて楽屋を出た。

胸をはって前を向いて、いつものように心の中でスイッチを入れる。

今の私は、Ｅバーガーの店員。

働くときは、いつもの自分とは違うキャラを演じるつもりで気持ちを切り替える。

人見知りで引っ込み思案で、自分の意見も何も言えない自分を変えたくて、かつては自分とは違う人間を演じられる演劇に憧れていた。今はここで働くことで、そんな自分を変えていきたいって思ってる。

Ｅバーガー京成千葉中央駅前店は、雑居ビルの一階にある小さな店舗で、全体的にこぢんまりした造り。大きなシンクとウォークイン冷蔵庫・冷凍庫がある一角を抜けると、すぐにキッチンエリアに出る。

キッチンエリアにはエプロンを着けた萌夏さんがいた。萌夏さんこと香坂萌夏さんは十八歳のフリーター。

「おはようございます」

挨拶すると、すぐに「おはよー」って返ってきた。

客足が落ち着いているのか、萌夏さんは床の掃き掃除をしている。そして、私にこそっと訊いてきた。

「青江さん、愚痴ってなかった？」

「ＹＥＳ」と答える代わりに苦笑する。

「今日は新巻店長いないから、青江さん、仕事中ずっと愚痴りっ放しだったよ」

「相性が悪いんですかね」

一度挨拶したきりで、新巻店長とはまだシフトがかぶったことがない。

「リーダーは大変みたい」

新巻店長は、シフトや発注といったリーダーの仕事も新しいやり方に色々と変えていっているのだという。

「あたし、あと二ヵ月でこのお店卒業なのに、なんか心配だよ」

萌夏さんは、来年の春からEバーガーの社員となることが決まっている。年明けから研修が始まるそうで、この店でのアルバイトは年内でおしまいなのだ。

萌夏さんと二言、三言会話を交わしてから、キッチンエリアから客席に面したカウンターエリアに出た。

午後四時過ぎ、お客さんはおしゃべりに興じる学生が中心で、そこそこ席は埋まっているけどレジは空いている。いわゆるアイドルタイム。

緩い弧を描くカウンターにはPOSマシンと呼ばれるレジを兼ねたタッチパネルの機械が置いてあり、出勤時間もそこに入力する。

「あ、優芽ちゃん。おはよー」

客席のゴミをまとめていたのか、大きなゴミ袋を両手に持った隼人さんがカウンターエリアに戻ってきた。リーダーで、大学一年生の中尾隼人さん。例のごとくで、爽やかな笑みを浮かべて挨拶してくれる。

「おはようございます」

一方の私は、心の中で入れたスイッチはどこへやら、ちょっと素に戻ってドキリとしてしまう。

先月の文化祭の日に色々あって、今月末、隼人さんと二人で演劇の舞台を観に行く約束をしてしまった。

いわゆる〝デート〟というヤツだ。

文化祭で私のクラスの出しものに顔を出した隼人さんは、クラスの女子たちが満場一致で「イケメン」と評するくらいにはカッコいい。女子にモテすぎて来る者拒まなすぎっていうダメな部分もあったものの、温厚で優しい性格だし。

なので、なんで私なんかと？　って疑問はいまだに消えない。私じゃ不釣り合いもいいところなのに、うっかりデートのお誘いをＯＫしちゃって、おかげで会う度に動揺してしまう。年上の余裕なのか、アルバイトで会っても隼人さんの態度は今までどおりだけど。

余計なことばっかり考えてないで仕事しようと、消毒液のバケツに入ったクロスを手にした。ＩＮしたらまず、客席を見て回って掃除をしたりするのがいつもの流れ。

クロスを絞っていたら、「青江さんに会った？」と隼人さんに訊かれた。

やっぱりどうしようもなく内心ドギマギしつつも、その質問に頷く。

「愚痴ってたでしょう？」

青江さん、今日どれだけみんなに愚痴ってたんだろう。

「リーダーは大変みたいって、萌夏さんが言ってました」

「まぁでも、変わって楽になった部分もあるしね。修吾さんなんかは新巻店長のやり方、無駄がなくて好きみたいだよ」

「そうなんですか」

ちょっと驚いた。みんながみんな、青江さんみたいに思ってるわけじゃないのか。

「青江さんって保守的なところあるから、店長が替わるといつもああなるんだよね」

この店に長くいるからこその愚痴なのかもしれない。

その後はあまり隼人さんのことを意識しすぎないようにして仕事に励み、一時間ほど経った頃だった。

「あ、拓真、これから？」

なんて萌夏さんの声が聞こえてきて、私の全神経はキッチンの方へ向く。

その三文字だったら、どんなにうるさくても聞き逃さない。私の耳はもうそんな風になっちゃってる気がする。

源くんの下の名前は拓真という。私はタイミングを逃したまま、ずっと「源くん」って苗字で呼んでるけど、店のみんなは下の名前で呼んでいるのだ。

萌夏さんに「そうっす」とかなんとか軽く返して、「おはようございます」と源くんがカウンターエリアに顔を出した。昼前からシフトに入っていた萌夏さんがアップするのと入れ違いでINするよう。

同じ学年の源くんとは同じ高校に通ってはいるものの、クラスが違うし選択授業などもかぶっておらず、学校での接点はない。近くで顔を見るのすら久しぶりで、込み上げてくる感情で顔の表面が熱くなってしまう。

源くんは、ドリンクマシンの資材補充をしている私の脇を通り過ぎる。意志の強さを表すようなきりっとした横顔にどうしようもなく心臓は音を立てたけど、その目は私を見なかったし、足は迷いなくPOSマシンのところへ向かっていった。

出勤時間を入力している源くんに、私は思い切って声をかける。

「おはよう！」

その切れ長の目がこっちを向いて、ドキッとしたのを隠すように唇を強く結ぶ。

「……おはよう」

無視はされなかったものの、返ってきた挨拶は素っ気ない。

すぐにその目は逸らされて私は視界にすら入らなくなり、身体のあちこちから熱が抜けていくようだった。

源くんは表情がころころ変わるタイプじゃないし、愛想もいい方じゃない。いつもどおりの態度だと思う一方で、けどどうしても今まで以上に素っ気なく感じられてしまう。

文化祭のときのことが脳裏を過ぎる。

隼人さんと二人でいるところを源くんに見られ、おまけに隼人さんが源くんにこんなことを訊いたのだ。

——俺、優芽ちゃんのことデートに誘いたいんだけど。かまわないよね？

それに対する源くんの答えはこう。

——それ、俺に許可取る必要ないっすよね？

その言葉に、私が誰とデートをしようが源くんには関係ないんだってことを痛感させられた。何もしていないのに、失恋が確定してしまった。

けどそもそも、源くんはその直前に、私のクラスメイトでもある深田さんに告られてＯＫしてるみたいだし。私の気持ちを知らない源くん側に、気まずくなる理由なんてこれっぽっちもない。素っ気なく感じるのは、私の気持ちの問題だってわかってる。

ＰＯＳマシンから離れると、源くんは隼人さんに声をかけた。

「俺、キッチンでいいんですよね？」

お店の仕事は、接客をするカウンターと調理をするキッチンの二つに分かれている。

「うん、よろしくねー」

愛想のいい隼人さんに言葉を返すことなく、源くんはさっさとキッチンに引っ込んだ。

カウンターエリアとキッチンエリアの境は、人一人がやっとすれ違えるくらいのスペースしかない。そしてキッチンの方をチラと覗くも、カウンターエリアから資材の確認をしている源くんまでは微妙に距離があって、仕事の合間にちょっとした雑談くらいできないかなって期待は早々に萎んだ。

好きでいても仕方ない、期待も何もないんだけども。

ポロロロン、と自動扉が開いたことを報せるメロディが響き、気持ちを切り替えて「いらっしゃいませ、こんにちは！」と新しいお客さんに挨拶する。

いつものお店、いつものアルバイト。

なのに、色んなもので気持ちは落ち着かなくて、心の中で何度スイッチを切り替えても、重たいものはいつまでも気持ちのすみっこに居座った。

♪♪♪

その週の金曜日、放課後のこと。

アルバイトがない日は乗り換えをするだけの千葉駅で、私は改札を抜けた。

目指すは書店。駅ビルの書店と、駅のそばのデパートの書店と、家電量販店が入っているビルの書店と……と近くの書店を頭の中でリストアップする思考すら、キリつく胃のせいで重たくなりかける。

数日前、文理選択の希望調査票が配られた。

作草部高校では、二年生から文系クラスと理系クラスに分かれる。今月中に、その希望を出さないといけないのだ。

かくして、文系か理系か迷っている、と夕食の席でお母さんに話したところ。

――一学期は「とりあえず文系にしとく」って言ってなかったっけ？

そんな言葉が耳に痛い。一学期にも事前調査があって、そのときは何も考えずに文系と回答したのだ。

これといった目標もないのに、とりあえず、なんて回答した私は本当になんだったんだって今なら思う。クラスの女子は文系が多いみたいだし、くらいの感覚だった。自分の進路を周りに合わせても意味なんてないのに。

けど、そのことに前は危機感すら抱いてなかったんだから、少しは私も変わったってことだよね。などと最大限ポジティブに考えてみたりもしたけど、問題は何一つ解決しない。

昼休みなどに進路指導室にある本を見に行って、大学には自分が思っていたよりもずっと色んな種類の学部があることはわかった。就きたい仕事によっては、進む学部が限られることがあるってことも。

けど結局一番学んだのは、自分が何に向いているのか、興味があるのかわからない状態で闇雲に情報収集しても、焦燥感が増すばかりだってこと。

そんな状態であることをポツリと話したら、お母さんに書店に行くことを勧められたのだった。

——本屋でも行ってみたら？　進路選択の本でもいいし、興味あるジャンルの棚がないか見てみるのでもいいし。

小説は普段から読む方だし、漫画もたまには読む。けど図書館や古書店で済ませてしまうことも少なくなくて、街の書店をじっくり回るのは久しぶりかも。

児童書、一般文芸、ライトノベル、とフィクションの棚をフラフラしてから参考書のある棚へ向かうと、『文系理系の話』という今の私にどストライクの本を見つけてパラパラと読んでみる。ふと棚を見れば、進路に関する本はほかにいくつもあった。

『高校二年生に読んでほしい一冊！』

『もう一度進路を考えたくなったらこの本』

なんて小さなカードに書かれたおすすめコメントもたくさん。

本の宣伝をしているおすすめコメントは、印刷されたものだけじゃなく、手書きのものもあった。カラーペンで丸い文字が書かれていて、文化祭の際に手書きでメニューを作ったことを思い出し、つい凝視してしまう。

今まで気にも留めたことがなかったけど、こういうカードって書店員さんが作ってるのかな。

隣の棚を見ると小学生向けの理科の本を紹介するカードがあり、それには小さなフラスコやビーカーの飾りがついていてとってもかわいい。

こっちの棚にはこんなカード、あっちの棚には光る飾りつきカード！　なんて気がつけば棚の間をうろうろしながら本を紹介するカードを順番に観察してしまって、こんなことをしている場合ではないのではとハタと気づいたそのとき。

「優芽ちゃん？」

中腰でカードを見ていたら、ふいに名前を呼ばれた。

ふり返ると、私と同じ紺色のブレザーの制服を着た、ツインテールのかわいらしい女の子が立っている。

「深田さん？」

同じクラスで、何かと浮きがちだった私とも仲よくしてくれ、そして恋のライバルでもあった深田さん。

「あった」って過去形にしたのは、文化祭で深田さんが源くんに告白して、ＯＫの返事をもらってるからだ。

文化祭のあの日、源くんに告白したって、深田さんが報告してくれたときのことを思い出す。

返事はどうだったか訊いた私に、深田さんははにかむような笑みで答えた。

——思ってたとおり。

控えめな言い方だなってあとから思ったけど、私に気を遣ってくれたんだろう。深田さんはそういう子だ。

「すごい偶然！　優芽ちゃんもここに来るなら、教室から一緒に来ればよかったね」

教室で深田さんと「バイバイ」と別れてから、まだ一時間も経っていない。

そんな深田さんは、小説らしき文庫本を二冊手にしている。深田さんは文芸部所属で、小説をよく読むのだ。

「今日発売日だったんだ。優芽ちゃんは、何か買いに来たの？」

「目当てはないんだけど……棚を見てたら、こっちが気になってきちゃって」

本の紹介カードを指差すと、深田さんは「あぁ、POP」と応えた。

「ポップ？」

「そう。本を紹介する、広告みたいなものかな？」

まったく知らない単語だったので、なんだか感動してしまった。

「すごい、深田さん詳しいんだね」

「詳しいっていうか……文芸部で、即売会に出たことあるんだ。そのときにも作ったから」

大げさな私に照れたように小さく笑って、それから深田さんは訊いてきた。

「優芽ちゃん、このあと時間ある？　よかったら、少しおしゃべりしたいな」

その言葉に、たちまち胸がきゅっとした。

文化祭以来、なんとなく深田さんと二人で話す機会が減っているのは感じていた。

私の気持ちを知らない源くんとは違い、深田さんは私が源くんを好きなことを知っている。

寂しく思えど、気まずく思うのは仕方がない。

でも、もし深田さんも同じように寂しく思ってくれてたんだとしたら、それだけで救われるような気持ちにもなった。

「時間、あるよ」

高校入学後、くさくさしていてクラスで浮いてしまった経験から、友だちの作り方とか距離の測り方とか、そういうのがまったくわからなくなっていた時期があった。

だけど深田さんは、そんな私とずっと仲よくしようとしてくれてた。

私はそんな深田さんがすごく好きだし、やっぱり仲よくしたい。

「私も、深田さんとおしゃべりしたい」

精いっぱいの勇気をふり絞って口にしたそんな言葉を、深田さんはふんわり柔らかい笑顔で受け止めてくれた。


駅ビルの二階にあるカフェに移動して、深田さんはホイップクリームが載ったホットチョコレートを、私はシナモンの香りがするチャイティーを注文して窓際の席に向かい合って座った。

ティータイムなこともあり、タイミングよく座れたのがラッキーなくらいには混んでいる。

隣のテーブルでは背の高い男の子と小柄な女の子の高校生カップルが仲よさそうにおしゃべりしてて、源くんと深田さんもこんな風にデートするのかな、なんて想像していたら深田さんに訊かれた。

「優芽ちゃん、文系と理系、どっちにするの？」

正面に座った深田さんと目が合って、けど私はすぐに両手で包んだチャイティーのマグカップに目を落とした。

「まだ決めてなくて……それで、何か参考にならないかと思って本屋さんに来てたんだけど」

結局、ＰＯＰを眺めて終わってしまった。私の意志の弱さといったらない。

「深田さんは？」

「私は文系。行きたい大学があるんだ」

「すごい、大学まで決まってるんだ」

「その大学の文学部に、有名な教授がいて――……」

演劇が好きな隼人さんと同じ、深田さんも好きなものを勉強できる大学に進みたいらしい。

「すごいね、具体的に決まってて」

「うーん、でも、あくまで今の希望だし。ほかの大学のこととかあんまり調べてないから、来年の今頃は別の大学がいいって思ってるかも」

「学部とかやりたいことがおおよそ決まってれば、それでもいいんだよねー」

志望校を決めるわけじゃない。文理選択をするだけなら、興味のある分野やジャンルをいくつか絞るだけでいい。

けど、今の私はそれすらできてなかった。

「でも、決まらないっていうのわかる。ちょっと前まで受験生で、やっと高校に入ったばかりなのに、もう卒業後のこと考えなきゃいけないのかって思わない？」

「思う。すっごい思う」

深田さんの言葉に何度も頷く。

「今は興味がある方向に進めばいいかって思ってるけど、きっと大学に入ったら、今度はすぐに就職のこと考えなきゃいけなくなるんだよ。好きなものはあるけど、就職のことなんてまったくイメージできない」

文理選択すらできていない私よりは先に進んでいるものの、深田さんも私とそこまで変わらないのかもしれない。

「就職とか、ピンと来ないよね」

私はそう言ってから、萌夏さんの話をした。

「バイト先に、春から就職するフリーターの人がいるんだけど……」

その日、深田さんとは進路やクラスの話なんかをして別れた。

千葉駅から二駅下ったJRの都賀駅に着いたときには午後五時を回っていた。空はすっかり夜の色、気温も下がっていて肌寒く、学生鞄にしまっていたマフラーを取り出して首に巻く。

マフラーに口元を埋めるようにして、少し身を縮こまらせながら家路を急いだ。

結局、源くんのことは訊けなかったし、深田さんも話題にしなかった。

やっぱり気を遣ってくれてるのかもしれない。

もっと、私のコミュ力が高ければよかったのかな。

文化祭で深田さんが話してくれたあのときに、明るく笑って「おめでとう！　それなら私はもう諦めるから気にしないでね！」とか言えてたら……。

いや、さすがに、それはがんばって演じてもできなそう。

マフラーの中で、小さくうーっと声を漏らす。

色んなものが、難しすぎる。


♪♪♪


時間ばかりが過ぎていき、本を読んだりネットで情報を収集したりしているうちに週が明けてしまった。

世の中には時間が経てば解決する問題もあるけど、誰かが私の進路を決めてくれるなんてことはもちろんない。

文理選択の希望調査票の提出期限にはまだ余裕があったものの、いつかは必ずやって来るタイムリミット。考えるだけで毎日胃が痛い。

――もっと気楽に考えたら？

――とりあえずでもかまわないし。

――二年生になってから変えてもいいんだしさー。

お母さん、担任の先生、クラスメイト。みんなが色んなアドバイスをしてくれればくれるほど、焦燥感が募って膨れ上がる。

文理選択くらいで一生が決まるわけじゃないことは、私だってわかってはいるけども。

そんな風にもやもやしたまま放課後を迎え、学校を出てEバーガー京成千葉中央駅前店に到着したらホッとした。

現実逃避だってわかってるけど、アルバイト中は仕事のことだけ考えていられるから気が楽だ。

今日は源くんも隼人さんもシフトに入ってないし、余計な気も遣わなくて済みそう……。

ついそんな風に考えてしまって、今度は別の種類のため息が漏れる。

ほんの半月前までは、源くんといつシフトが一緒になるかって、ドキドキしながら毎週シフト表をチェックしてたのに。

そんなことをしても無駄も甚だしいし、それどころか勝手に気まずいものを覚えて、シフトが重なってないか、今じゃ以前とは逆の意味でチェックしてる。

少しでも顔を見たい、前みたいに一緒に働きたいって焦がれるような気持ちは今でもある。でも、そんな気持ちになる度に苦しくなる。

文化祭のとき、失恋が確定したってわかった瞬間も辛かったしどうしようもなくて泣いたけど、日が経つにつれて、自分の中にいまだに居座り重たくなり続けている気持ちの扱いに困るようになった。

日常は、幕が下りたらおしまいの舞台とは違って続いてく。失恋しました、ジ・エンド、次の舞台に乞うご期待！　ってわけにはいかない。結末がわかっても、私の物語は、毎日は、これからも変わらず続いてく。

お店の裏口にあるインターフォンを押すと、店のドアを開けてくれたのはフィリピン人留学生のガルシアさんだった。

「優芽サン、おはようダヨ」

褐色の肌にエキゾチックな顔立ちのガルシアさんににっこりされる。ここ最近の私の恋愛事情にはまったく無関係なガルシアさんの存在に、少し気持ちが和んだ。

ガルシアさんはキッチンを担当していることが多く、今日もエプロンを着けている。

「おはようございます」

楽屋の方を見ると、ドア越しに明かりが点いているのが見えた。

「楽屋、青江サンがいるヨ」

キッチンに戻っていくガルシアさんを見送り、私は楽屋へと向かう。

青江さん、今日も愚痴ってるのかな……。

お店はお店で店長が替わって慣れない空気なのを思い出し、結局気持ちはやや落っこちて、

「おはようございます」と我ながら覇気のない挨拶をして楽屋のドアを開けた。

「おはよー」

青江さんはシフト上がりのようで私服姿だった。ブラウンのカーディガンにアイボリーのスカートと珍しく落ち着いた私服かと思いきや、中のカットソーには胸元に大きなハートのプリントがある。うちのお母さんと同い年くらいのはずだけど、本当にキャラが違う。

そんな青江さんはテーブルに頬づえをついて何かの書類を見ていたけど、顔を上げて私を見るなり「どうかした?」なんて訊いてきた。

「元気ないね」

言葉を交わすどころか挨拶一つしただけで、こんなにもバレバレ。

「なんというか、進路のことでちょっと……」

テンションが上がらない要因はほかにもあったけど、触れるのはやめておく。

「あー、高校生は大変だよね。うちの息子も今月から予備校に通い始めたよ」

青江さんの息子さんは高校二年生。私より一年先を進んでいる。

「息子さん、文系と理系、どっちですか？」

「文系。法律関係の仕事に就きたいから法学部に行くって」

「なんかカッコいいですね」

「えー、そう？　ホントにー？　って私は思ってるけど」

なんて口では言いつつも、青江さんの表情はちょっと緩む。私服は派手だし若い頃は派手に遊んでたって噂だけど、こういうところはやっぱりママさんって感じ。

私が学生鞄をロッカーにしまっていると、「これ見る？」と青江さんは手にしていた書類を私に見せてきた。

「今月末から始まる新メニュー」

Eバーガーでは、季節ごとに期間限定の新メニューが登場する。今度の新メニューは、ホワイトシチューコロッケバーガー、マシュマロ入りココア、星形のドーナツなどなど。キッズバーガーセットについてくるおもちゃも、サンタ帽をかぶったキャラクターの人形になる。全体的にクリスマス仕様。

「そっか、もうクリスマスですもんね」

「ちょっと前にハロウィンが終わったばかりなのにね。クリスマスが終わったらすぐに正月が来て、節分にバレンタインだよ」

新メニューをまじまじと見ている私に、「新巻店長から宿題出ちゃってさー」と青江さんはこぼした。

「宿題？」

「新メニューの販促（はんそく）考えろって」

販促、すなわち販売促進。

「積極的にサジェストするとか、そういうことですか？」

店を訪（おとず）れたお客さんに、「期間限定の○○はいかがですか？」といった感じで積極的に声がけをしたり、商品を勧めたりすることをサジェストという。

「そうそう。まぁ、やれることなんてそれくらいなんだけどさ。ポスターとか飾りは本部から送られてくるし」

と、そんな青江さんの言葉に閃（ひらめ）いた。

「あの……POP作るのはどうですか？」

「POP？」

「本屋さんにあるような、おすすめコメントが書いてあるカードとかです。手作りして、レジやカウンターの端っこに飾るとか」

書店でPOPを見た際、印刷されたものより手書きのものの方が目に入りやすかった。書いた人の気持ちとか想いとか、そういうのが伝わってくるからかもしれない。

青江さんは少し考えてから、「いいかもね」と応えた。

「そういうのが置いてあるカフェとかもあるし。カウンターとか、クリスマスの飾りつけもするみたいだから、それに混ぜちゃえばいいのかも。――でも、」

「でも？」

「私、工作とか得意じゃないんだよね。字も汚いし。小学生の頃、息子の工作手伝ったら壊しちゃって怒られたくらい」

そう肩をすくめた青江さんに、私はつい前のめりになった。

「だったらそれ、私が作ってもいいですか？」

「優芽ちゃん、作ってくれるの？」

目を丸くする青江さんに我に返り、慌てて顔の前で手をふった。

「すみません、出すぎたことを……」

「え、作ってくれるなら大歓迎だけど」

文理選択のことを考えないといけないし、こんなことをしている場合じゃないってわかってたけど、それでも久しぶりに気持ちが高揚した。
先週書店であれこれ見てから、POPを作るの、面白そうだなって思っていたのだ。

文化祭のクラスの出しもので使った喫茶店のメニューを、手書きで作ったときのことを思い出す。時間はかかったけど、見やすくなるよう文字の大きさを考えたりと、あれこれ試行錯誤して楽しかった。

もしかしたら、私はそういったものを作るのが好きなのかもしれない。

すごい、私にも好きなものがあった！

――と喜んでみたものの、文理選択につながる感じじゃないのでちょっとがっかりだけど。私の好きって、図工が好きって言ってる小学生レベルでは……。

けど、とにもかくにも。

「じゃああの、ぜひ、やらせてください！　ありがとうございます」

「お礼言うのはこっちだよー。画用紙とかペンは楽屋にあるの使っていいし、形とかサイズは邪魔にならない程度だったら任せるよ。何かあったらいつでも訊いてね。あ、そしたらこの資料、コピーしてあげる」

なんだか急に楽しみなことが増えて、今日のアルバイトもがんばろうって気持ちが上向いた。

その日の晩、帰宅して夕食を済ませたあと、私は自室で青江さんがコピーしてくれた資料を読み込んだ。

最近ごちゃごちゃと考えてばかりだったせいか、何かに集中できるのが単純に嬉しい。

やっぱり、やれることがあるのって大事。

一学期、高校デビューに失敗して部活にも入りそびれて、自分にはなんにもないって思ってばかりだった。だから夏休みにアルバイトを始めて、色んな仕事ができるようになって、自分もやればできるんだって確認できて嬉しかったし、何よりホッとした。

そうして今も、ＰＯＰ作りっていう新しい仕事をもらえた。

やれることがある。

できることがある。

任せてもらえる仕事がある。

お店のことや人間関係で考えちゃうことはあるけど、それでもやっぱりアルバイトをするようになってよかった。

資料を机に広げ、ＰＯＰの案をルーズリーフに書き出していく。

どうせ考え込んでたって答えなんて出ない。何かをやってる方が頭もすっきりするかもだし。

なんて言い訳を並べつつ、せっせとシャープペンを動かした。

2. 一緒に探しましょう。

ＰＯＰ作りを始めたその週の土曜日はアルバイト。京成千葉中央駅は映画館に直結していることもあり、話題の新作映画の公開日と重なると途端に店は忙しさを増す。

そんな慌ただしい昼のピークタイムを過ぎて、客足が落ち着いてきた頃だった。

ポロロロン、と自動扉が開く音がして、なんとなく見覚えのある二十代半ばくらいの女性のお客さんが来店した。

見覚えがあると思ったのもすぐに納得、少し前、ランチタイムに一度来店されていたお客さんだ。

二度目だとわかってはいてもほかに挨拶のしようがなく、「いらっしゃいませ、こんにちは！」とカウンターから挨拶する。女性はまっすぐに歩いてきて、私が待つレジカウンターまでやって来た。

「すみません、ピアスの落としもの、ありませんでしたか？」

訊くと、ピアスをどこかで落としてしまったという。気づいたのが、この店を出て少し経ってからだったそうだ。

女性の左耳には小ぶりな赤い石のピアスがあり、右耳にはそれがない。

よほど大事なものだったのか、女性の顔は見るからに不安げ。

「少々こちらでお待ちください」

確認してみたけど、カウンターにはそれらしい落としものは届いていなかった。

ランチタイムも一緒にカウンターで働いていた大学生アルバイトの高田梨花さんが客席の掃除から戻ってきたので訊いてみるも、やはりピアスは見ていないという。

どうしようと困っていた、ちょうどそのとき。

「おはようございます」

カウンターエリアに新巻店長が現れ、低くてさらりと耳に響くその声に背筋が伸びた。

「おはようございます！」

ふんわりゆるゆるの雰囲気だった諏訪店長とは正反対、いつ見てもキリッとしていて冷静な新巻店長は、いるだけで店の空気が引きしまる。

新巻店長は銀縁メガネの奥で目を細めつつ、シフト表を見て私に声をかけてきた。

「守崎さん、一時半から休憩ですね」

あ、それならかえって都合いいかも。

「あちらのお客さまが店で落としものをしてしまったそうなんです。休憩ついでにフロアを探してきてもいいですか？」

「……わかりました」

四角いレンズの奥からじっと見下ろされ、背筋がさらにしゃきんと伸びた。

たっぷり数秒の間があったものの、許可をもらえてホッとする。

私はカウンターエリアを出て、女性のお客さんに声をかけた。

「今からフロアを探しますので、少々お待ちください！」

ピークは過ぎたものの、客席は土曜ということもありほとんど埋まっていた。お客さんが立ち上がったタイミングで声をかけ、トレーを受け取るついでに椅子やテーブルの下を確認していく。

「本当にすみません……」

すっかり恐縮している女性に、「大丈夫ですよ！」と明るく返す。

「探せるだけ探しましょう！」

そうしてひととおり客席の下を見て回ったが、それらしいものは出てこなかった。

すると、女性が「もう大丈夫です」と頭を下げた。

「本当にありがとうございました。お時間取っていただいてすみません」

女性は小さく笑ってくれたが、やはりその顔は残念そう。

客席の下じゃなかったら、あとは……。

「これ以上お時間取っていただいても悪いので、もう諦めます」

あ！　とまだ探していなかった場所に思い当たった。

「もうちょっと！　もうちょっとだけ待ってください！」

そして、私はゴミ箱の方に移動した。店内のゴミ箱はキャスターがついている可動式のもので、床とゴミ箱の間には隙間がある。

キャスターのストッパーを外してゴミ箱を横にズラし、露わになった床を見て「あれ！」と思わず声を上げた。

女性は目を丸くして駆け寄ってくると、ゴミ箱の下に隠れていた赤い石のピアスにしゃがんで手を伸ばし、その表情を明るくする。

「これです！　なんでこんなところにあったんだろ……」

「落としたときに、転がっちゃったのかもですね」

女性は拾ったピアスをハンカチに丁寧（ていねい）にくるみ、私に向き直って深々と礼をした。

「ありがとうございましたっ……！」

その声はわずかに震（ふる）えているようで、本当に大切なものだったんだろう。

「こちらこそ、見つかって本当によかったです！」

去っていく女性を見送り、ゴミ箱を元に戻してようやくひと息ついた。

カウンターエリアに戻り、「休憩行ってきます」と声をかけて楽屋に下がろうとすると、新巻店長に呼び止められた。

「今から一時間行ってきてください」

時計を見ると、もう一時四十五分。ピアス探しに十五分かかっていた。

「でも――」

「お客さんのために働いていたのですから、あれは休憩時間にはカウントしません」

反論は受けつけてくれなそうな口調だ。

お客さんのためになってよかったと思われているのか、はたまた余計なことをしてと思われているのか。そのクールな表情からはどちらかわからず、結局私は小さくなった。

「じゃあ……一時間、行ってきます」

カウンターエリアからキッチンの方にそそくさと下がると途端に気が抜けた。

新巻店長とはもう何度か顔を合わせているけど、いまだに緊張しがち。

ちょっとしたミスでもあろうものなら、ピシャリと怒られてしまいそうで気が抜けない。

――いや、気が抜けないのは仕事ならむしろいいことだろうけど。これが部活なら、顧問が替わって厳しくなったってところか。

源くんは、新巻店長のこと、どう思ってるのかな。

訊いてみたい。これくらいの雑談なら、普通にできるとも思う。

なのに自分がこれまでどんな態度で接していたのか、もうさっぱりわからない。

しばらくシフトもかぶってないし、ますますしゃべれなくなりそう……。

覚えた寂しさには蓋をして、私は楽屋のドアを開けた。


そうしてその日の午後四時過ぎ、シフトが終わって楽屋に行くと、このあとシフトに入るらしい修吾さんがいた。黒縁メガネの羽生修吾さんは大学三年生のリーダー。

ちなみに修吾さんは、今日一緒に働いていた梨花さんの彼氏でもある。二人はうちの店の名物カップルだ。

「おはようございます」

挨拶すると、「おはよー」と気さくな挨拶が返ってきた。

「優芽ちゃんはもう終わり？」

「はい。修吾さん、就活だったんですか？」

修吾さんはリクルートスーツを着ていた。スーツ姿を見るのはこれで二度目。

修吾さんは歳も離れているしもともと大人のお兄さんって感じだけど、スーツを着ているとますます大人っぽい。

そういえば、スーツ姿を初めて見たのは諏訪店長が倒れたって連絡があった日だった。

修吾さんはスーツのジャケットを脱ぎつつ、「そうそう」と私の質問に答えてくれた。

「セミナーがあってさ」

面接や試験といった本格的な就職活動が始まるのはまだ先だけど、一部の業界ではセミナーや企業説明会が始まっているのだという。

「土曜日なのに大変ですね」

「ホントホント」

修吾さんはカラッと笑う。同じメガネ男子でも、新巻店長とは全然キャラが違う。

あ、でも、喰えない感じがするのは同じかな。

先週の深田さんとの会話が蘇る。

——きっと大学に入ったら、今度はすぐに就職のこと考えなきゃいけなくなるんだよ。

本当にそのとおりなのかも。

「修吾さんって、大学は文系でしたよね？」

「経済学部ね」

「どんなお仕事がいいとかあるんですか？」

私の質問に、修吾さんは間髪入れずに「営業職」と答えた。

「人と話すの嫌いじゃないし」

隼人さんの演劇好きなどとは違う、そういう自分の性格から仕事を選ぶこともあるんだっていうのは目からウロコ。

「営業職って、どんなことするんですか？」

「ざっくり言うと、商品とかサービスを顧客に売り込む仕事かな」

そういえば、修吾さんってカウンターでのサジェストがすごく上手なんだった。新商品を上手に宣伝するので、お客さんはつい買ってしまう。

「自分に向いてそうなのはこれだってわかるの、いいですね」

「優芽ちゃん、高一でもう就職のこと考えてるの？」

文理選択で迷っていると話すと、そういうこと、と修吾さんは納得した。

「どうせ気持ちなんて数年経てばころっと変わっちゃうし、かまえすぎなくていいんじゃない？　俺も高二のときに文転したし」

文転、すなわち理系から文系に転向したということだ。

「最初は理系だったんですか」

「数学得意だったから。でも、興味なんてすぐに変わるもんだしさ」

同じようなことをこれまで何人にも言われたけど、実際に文転したことのある人の言葉は説得力がある。

修吾さんはハンガーラックからEバーガーの制服を取った。「先に着替えていい？」と訊かれて着替えスペースを譲る。

私もロッカーから自分の荷物を取り出しつつ、思い切ってパーティションの方に訊いてみた。

「私、図工が好きみたいなんですけど、そういうのって何に向いてると思います？」

「図工って、美術ってこと？　優芽ちゃん、芸術家でも目指してるの？」

「げ、芸術家……は、違うと思うんですけど」

「画伯になったらサインしてね」

結局笑われてしまって、一人顔を赤くした。

Eバーガーの制服から私服に着替えてお店を出た。

千葉駅までは徒歩十分ほど、夏休みの頃は暑くて駅に行くだけでも汗だくだったのに、今じゃ薄手のコートを羽織っても少し寒い。時の流れの速さが、季節の移ろいで身にしみる。

駅に着いたものの、すぐに改札をくぐることはせず、駅ビルの中をぶらぶらした。

アクセサリー、レディースウェア、バッグ、靴、化粧品……。

どんなジャンルのお店でも少なからずPOPはあって、今までいかに自分が意識せずに物を買っていたかを思い知った。意識しないまま商品の説明やおすすめコメントを読んで、手に取り買っていたのかも。

同じPOPでも、大きな文字で簡素なものから、細かな文字がびっしりで読むのに時間がかかるものまで様々。Eバーガーは飲食店だから、カフェやケーキショップなども覗いてみようと思いつく。

……まぁ、文理選択の希望調査票提出期限まで、まだあるし。

自分に言い訳をしながら、引き受けたPOPのことを考え、色々見て回って気がついたことをスマホにメモしていく。

夢中になっていると、あっという間に一時間経っていた。時間が過ぎるのって、こういうときばっかり速い。

♪♪♪


そうして翌週、週も半ばの放課後のこと。

私ははやる気持ちを抑えつつ、お店に向かった。

時間はかかったけど、ようやくPOPができたのだ。

新商品の発売は来週から。結構ギリギリだったかも。

月末からは新商品の発売と同時にクリスマスの装飾をするそうで、こちらは萌夏さんが中心になって楽屋で準備をしていた。なので飾りを少し分けてもらったり、色味を合わせたりもできた。

レジカウンターの前、邪魔にならない場所に飾れるサイズに作ってある。色紙で作った新商品を象った飾りと、青江さんがコピーしてくれた資料に記載されていたおすすめポイントなどをカードに書いた。発売前の商品だけど、私も買うのが今から楽しみ。

お店に着いてインターフォンを押すと、ドアを開けてくれたのは隼人さんだった。「おはよー」とふんわり柔らかい笑みを向けられる。大学生の隼人さんは、講義がない日はたまに昼からシフトに入っているのだ。

例のごとくで内心ドギマギしながらも、今はそれは置いておいて。

「あの、今日って青江さんＩＮしてますか？」

「青江さん？」

「青江さんに頼まれてたもの、作ってきたんですけど……」

今いる裏口のドアのところから楽屋の方を見ると、明かりが点いているのは見えた。平日の放課後は、青江さんのアップ時間と私のＩＮ時間が重なることが多い。

「青江さんは今日は休みだよ。楽屋に今いるのは店長」

「そうですか。ありがとうございます」

隼人さんと別れて楽屋に向かった。

私の次のシフトは、祝日の月曜日。平日シフト中心の青江さんとはかぶらなそうだし、ＰＯＰ、店長に渡しておけばいいかな。

「おはようございます」と挨拶して覗くと、楽屋のすみ、発注などに使うパソコンの前に新巻店長は座っていた。「おはようございます」と丁寧で冷静な挨拶が返ってくる。

思いがけず、新巻店長と二人きりになってしまった。

緊張……していてもしょうがないし。

楽屋のテーブルの上に学生鞄を下ろし、そこからクリアファイルを取り出して、新巻店長の方へ一歩近づいた。

「あの……新巻店長、」

声をかけると、新巻店長はこちらに向き直ってくれた。銀縁メガネの奥の目が、不思議そうに私を見上げている。

「守崎さん、どうかしましたか？」

何かを見たりせずに名前を呼ばれ、緊張がわずかに緩んだ。プレイヤーみんなの名前、もう覚えてるのかな。

私は持っていたクリアファイルを新巻店長に差し出した。

「これ……来週発売の、新メニューのＰＯＰです」

「ＰＯＰ？」

「青江さんが、新メニューの販促を考えてるって話をしてて。ＰＯＰ作り、私がやらせてもらったんです」

新巻店長はクリアファイルを受け取ると、あいかわらずの何を考えているのかわからない表情で中身をじっくりと見始める。その様子に、なんだか慌ててしまって言葉を続けた。

「青江さん、今日はいらっしゃらないみたいなんで、新巻店長にお渡しすればいいかなって……」

「よくできてますね」

顔を上げた新巻店長は素直に感心してくれたような口調で、じわりと頬が熱くなる。

「あ、ありがとう、ございます……」

新巻店長は手にしたPOPを引っくり返し、裏面まで見ながら訊いてきた。

「こういうの作るの、得意なんですか？」

「得意ってわけじゃないですけど……嫌いではないです。要領がよくないんで、すごく時間かかっちゃいました」

そう答えた直後。

新巻店長の目が、すっと細められた。

「これ、もしかしてご自宅で作られたんですか？」

「そうですけど……」

さっきまでの感心した様子はどこへやら、たちまち渋い顔をされてしまって、忘れかけていた緊張が戻ってきた。

椅子に座ったままの新巻店長に、「守崎さん」と改まって名前を呼ばれて姿勢を正した。

そして諭すようにかけられた言葉は、あまりに予想外のものだった。

「自宅での作業はルール違反です」

思わず、え、と小さく声を漏らす。

「自宅での時間外作業は問題です。それに、店の資料を無断で持ち帰った、ということですよね？」

「あ……はい」

「情報漏洩のリスクにつながるとは思いませんか？」

新巻店長の顔を見ていられなくて、視線を足元に落とした。

「すみません……」

そう謝りつつ、でも気持ち的に納得し切れていなかった。

確かに、資料の件は迂闊だった。怒られても仕方ない。

でも、時間がかかったのは私の責任で、お店に迷惑をかけたわけじゃない。

不満に思ったのが顔に出ていたんだろう。新巻店長はため息を一つついた。

「がんばって作ってくださったのはわかります。けど、こういう働き方は困ります」

こういう働き方？

「こういうことが外に知られたら、なんと言われるかわかりますか？」

少し考えたけど、素直に「わかりません」と答えた。

すると、新巻店長は一語一語丁寧に発音するように、その言葉を口にした。

「やりがい搾取です」

新巻店長はその後、すぐにパソコンに向き直ってしまい、私との会話はそこでおしまいとなった。

ＰＯＰは受け取ってくれたけど、使ってもらえないかもしれない。

これ以上気まずい思いはしたくなくて、そそくさとＥバーガーの制服に着替え、ＩＮ時間には少し早かったけど楽屋を出た。

新巻店長のことはなんとなく苦手ではあったけど、まさかこんな形で怒られることになるとは思ってもみなかった。

正直なところ、「やりがい搾取」っていう言葉はピンと来なくて、気持ちのもやもやばかりが胸に溜まっていく。

あれこれ考えて、試行錯誤して、がんばって作ったのに。

キッチンにいたガルシアさんに挨拶し、カウンターエリアに出ると視界が広がり、見慣れた客席が目に飛び込んできた。席は半分以上お客さんで埋まっていて、店内ＢＧＭとにぎやかなおしゃべりが混ざり合う。

　納得はいかないけど、しょうがない。今はちゃんと働こう。

　心の中でスイッチを入れて、Ｅバーガーの店員モード。

　ＰＯＳマシンで出勤時間を入力し、掃除用のクロスを持って客席を一周。落ちていたゴミを拾い、テーブルや椅子を整えてクロスで拭き、ゴミ箱の上に溜まっていたトレーを回収してカウンターエリアに戻ってくる。

「ゴミ箱、あと少ししたら袋を替えた方がいいかもです」

　そう報告すると、ドリンクマシンのところにいた隼人さんが「ありがとう」って応えた。

「優芽ちゃん、今日はいやにテキパキしてるね」

「え、そうですか？」

「客席、すごい勢いで一周するなって思ってた」

　クスクス笑われちゃって恥ずかしく思いつつも、ずっとはっていた気が少し緩む。

　考えれば考えるほど胸の内のもやもやは大きくなって、ともすればイライラに変わりそうだったのだ。

　それから少しして、高校生のグループが来店して忙しくなり、三十分ほど経った頃に波が引いた。

「優芽ちゃん、今日も六時半まで？」

「はい、平日なんで」

隼人さんは夜に演劇サークルの練習があるそうで、六時までなのだという。

「一緒に駅まで行けないかなーって思ったけど、それじゃあ残念」

いつもどおりの爽やかな口調でさらりとそんなことを言われ、私はまんまと動揺させられた。わざとなのか無自覚なのか、時折不意打ちで向けられる好意に反応に困る。

「じゃ、次に会えるのは土曜日だね」

平静を装うこともできず、今度こそドキリとした。

二人で演劇を観に行くという、例のデートが今週末に迫っているのだ。

隼人さんはいい人だけど、失恋したばかりでデートなんて、自らOKしたくせに気が進まないにもほどがある。

けど何かと先延ばしにしがちな私のこと、このまま何もできずに当日を迎えてしまいそう。

この話題を続けるのもまた気まずくて、私はわからないままでいた言葉について訊いてみた。

「隼人さん、『やりがい搾取』ってなんのことかわかりますか？」

「え、突然どしたの？」

ポロロロン、と聞き慣れたメロディが流れ、新しいお客さんが来店して会話を中断する。

ポテトとドリンクのセットを提供し、再び手が空いたところで隼人さんに新巻店長とのやり取りについて話した。

「POPなんて作ってたんだ。あ、文化祭のクラスの喫茶店でも、メニューは優芽ちゃんが作ってたっけ？　かわいくできてたよね」

「大したものじゃないですけど」

先に私を褒めてから、隼人さんは苦笑気味に続ける。

「やりがい搾取って、やりがいはあるけど安い給料しかもらえないとか、そういうことだよね。お金をもらえなくてもやりがいがあるから、働いてる人は仕方なくがんばっちゃうとか」

やっぱりピンと来なかった。別に、仕方なくがんばっちゃったわけじゃないし。

「優芽ちゃんの場合はタダでPOP作りをやってたってことだから、『これが外に知れたら、うちの店は従業員にタダ働きさせるブラック企業みたいに思われる』ってところじゃない？」

隼人さんの言葉を理解するのに、たっぷり数秒はかかった。

不本意にもほどがある。

「好きでやったことなのに」

ついそう漏らすと、隼人さんは私に同調した。

「そこまで言わなくてもいいのにね」

そのとき、トレーを手に席を立ったお客さんに気づいた。私は素早くカウンターを出て、

「お預かりします」と笑顔でそれを受け取る。

「またのご来場、お待ちしています！」

胸の内で複雑に色を変えた感情から目を背けるように、アニマート、お客さんを見送った。

やりがい搾取、なんて言い方しなくてもいいのにって思う。

けど、もやもやの種類が気づけば別のものに変わっていた。

新巻店長のいないところで陰口を叩いてしまったようで後ろめたい。

新巻店長は、店長として当然のことを言っただけなのに。

隼人さんに愚痴ったのは私なのに。

そのあとはポツポツとではあるけどお客さんが途切れず、余計な話をする暇はなかった。

そんな中、一人で来店した五十代くらいの女性に「ご注文はお決まりでしょうか？」と訊くと質問で返された。

「エビバーガーって何が入ってるの？」

バーガー類の中身について訊いてくるお客さんは少なくない。マスタードソースが苦手とか、アレルギーのある食材があるとか、中身を知りたいと思う理由は様々。

アルバイトを始める前から私もハンバーガーを買うことはあったけど、ケチャップとか色々入ってるんだなって思うくらいだった。

「エビバーガーは、エビが入ったフライと、キャベツとタルタルソースをサンドしています」

「あ、タルタルってマヨネーズっぽいのだよね？　マヨネーズじゃないのがいいんだけど」

「それでしたら、こちらのチーズバーガーやダブルイーサンバーガーはいかがでしょうか？　こちらは中はケチャップとマスタードソース、それに……」

説明をしながら、チラと自分の胸元の名札を見る。

名札にはEバーガーのマスコットキャラクターである動物のシールを貼るスペースがあり、トレーニングをしてできる仕事が増えるとシールも増えていく仕組みだ。

現在私の名札にはシールが七枚、森のオーケストラもだいぶにぎやかになり、空いているスペースの方が少なくなってきた。

最初に覚えたカウンターの仕事をすることが多いけど、時間があるときにキッチンのトレーニングもしてもらってる。おかげでシールは増え、ハンバーガーの作り方やソースの種類もひととおり覚えることができた。

できることが増えるのは嬉しいって、思ってたのに。

「やりがい搾取」って言葉が脳裏をチラつく。

これまでがんばってきたこととか、そういうのまで否定されたような気持ちになってしまう。

……陰口は、好きじゃないけど。

その日はずっと、もやもやしたまま気持ちは晴れなかった。


♪♪♪


ひと晩経っても気分はすっきりせず、翌日、悶々としたまま学校へ向かった。

やりがい搾取の件だけじゃない、色んなことが差し迫り、私の気持ちを朝から重たくする。

あさっては隼人さんとデート、文理選択の希望調査票も来週末には提出。

いつもそう。優柔不断で決められず、ついつい結論を先延ばしにしてばかり。

総武線の黄色い電車を西千葉駅で下車し、ロータリーを抜けて国道沿いを歩いていく。広い歩道には作草部高校の生徒がたくさんいて、おしゃべりの声で朝からにぎやか。

……みんな、進路はもう決めてるのかな。

ネット上のいくつかの進路情報サイトで、簡単なアンケートに答えて向いている学部や分野を教えてくれる診断サービスを試してみたりもした。

面白いくらい、毎回結果が違う。

診断結果を家のプリンターで印刷し、頭を抱えていたらお父さんが声をかけてきた。

――優芽って、昔から好き嫌いがあんまりないよね。

こういうサービスは、好き嫌いがはっきりしている方が同じ結果が出やすいらしい。特別好きでも嫌いでもない、みたいな回答ばかりだと、サービスによって診断はまちまちになるばかり。


文学部。

心理学部。

生物学部。

建築学部。

せめて文系か理系に偏ってくれればいいのに、それすらなくて泣きたくなった。

――まったく決まらないなら、いっそコインの裏表で決めれば？

我が親ながらヒドいアドバイスだ。

「――守崎、」

ぼうっとしていたらふいに背後から肩を叩かれ、ビクッとしてふり返るなりポカンとした。

「……なんだよ、その顔」

源くんだった。

源くんの最寄り駅は、私の最寄り駅の隣。以前にも通学途中に源くんを見かけたことがあるので、朝は同じ電車に乗ってることがあるのかも、とは前々から思ってた。

けど、こんな風に声をかけられたのは初めて。

「驚いちゃって……あ、おはよう」

「おはよう」

源くんはいつもどおり素っ気なく、でも私を置いていくことなく、そのまま並んで歩き始めた。

触れられそうで触れられない、近いようで微妙に離れたこの距離感に、もやもやしていた胸は次第にドキドキに占拠されていく。

久々に話せて、しかも源くんの方から声をかけてくれるなんて、幸せのあまりステップを踏めそう。

けど、ドキドキはすぐに不安に上書きされた。

源くんは深田さんの彼氏なのだ。

深田さんと源くんは最寄り駅が同じで、中学時代は同じ塾に通っていたのだという。朝の電車も同じかもしれず、二人でいるところをもし深田さんに見られたら、と考えだしたら気が気じゃなくなってきた。

深田さんは、私が源くんを好きなことを知っている。そんな女子と彼氏が一緒に歩いてたら、気にならないわけがない。

「その……何か、用？」

気まずいのをごまかしたくて、そんな風に訊いた。何か用があるなら、二人で話していることに言い訳ができる。

でも、源くんは「別に」と答えた。

「守崎がすぐ近く歩いてたから、声かけただけだけど」

ダメだと思うのにほっぺたが緩みかけて、頬の筋肉に力を込める。

……近くにいたら、無視しないでいてくれるんだ。

それだけのことに、気持ちはふわっと浮かびかける。

自分から声をかけてきたくせに、源くんはこれといって話をふるでもなく黙々と歩いている。その横顔につい見とれかけて、慌てて私も前を向いた。

少しでも話したくて、声が聴きたくて、自分から話しかける。

「源くん、『やりがい搾取』って言葉知ってる？」

ついそんな話題をふってしまい、胸の内にまだ巣喰ったままのもやもやが蘇った。

「まぁ。なんで？」

言葉を返してくれた源くんは、あくまでもいつもどおり。

私が普通にできていれば、こうやって今までどおり話すことくらいできる。

源くん側に、気まずく思う理由はない。

今さらながら、私なんて眼中にないんだなって事実を噛みしめつつも、変わらず接せられることへの安堵が上回った。

昨日の楽屋での出来事を、ポツポツと話していく。

すると、源くんはさも当然といった顔で言った。

「新巻店長が正しいだろ」

隼人さんみたいにすぐ同調してくれるのもどうかと思ったけど、こうも即座に否定されると反発したくなる。

「源くん、新巻店長派なの？」

我ながらバカなことを訊いたと思った直後、「どっち派とかねーだろ」とため息をつかれてしまった。

「だって……そりゃ、情報漏洩のリスクとか、そういうのはよくなかったって思ったけどさ。せっかくがんばって作ったのに」

「っつーか、なんでバイトの時間外に働いてんだよ」

「別にバイトがどうこうじゃなくて、いいもの作りたかったし」

「でも、作ったのは店に飾るPOPなんだろ？」

そうだけど。そうなんだけど。

「店にいる時間なんて限られてるじゃん。それに、これが部活だったら、部活の時間外に自主練するのだって普通だよね？」

「バイトは部活じゃないし。部活やっても時給発生しないだろ」

当たり前のことを言われただけなのに、なんだかものすごい衝撃を受けてしまった。

返す言葉が見つからない。

赤信号に引っかかり並んで立ち止まるも、黙って往来する車の流れを見つめることしかできなかった。

アルバイトは部活じゃない。

でも私は、ずっと部活をやる代わりにアルバイトをしてるって感覚だったのだ。部活に入りそびれたけど、その分、アルバイトをやってるってつもりだった。

根本的に、何かを間違えてたのかも……。

「――おい」

ふいに源くんが前屈みになり、横から顔を覗き込んできた。

「よくわかんないけど、またごちゃごちゃ考えてるんだろ」

さっきよりも近い距離にどうしようもなく音を立ててしまう心臓を抑えつつ、私は小さく頷いて正直に答えた。

「わけわかんなくなっちゃった」

できないことだらけのアルバイトで、必死に練習して挨拶ができるようになって、がんばってたらできることが少しずつ増えていった。

色んなことができるようになったら、最初は塩対応だった源くんもちょっとずつ笑ってくれたりするようになった。

そういうの、嬉しかったのに。

源くんは前に向き直ると、まだ赤のままの歩行者信号を見つめ、それからポツリと呟いた。

「オンとオフ、ちゃんと切り替えた方がいいってくらいの話なんじゃねーの？」

歩行者信号が青に変わった。

源くんが歩きだし、慌ててそれを追いかける。

「部活だって、オフのときに自主練ばかりやってたら問題になるだろ」

「そうなのかな」

「テレビで最近よくやってんじゃん、ブラック部活とかさ」

「あ、確かに」

土日は全部練習で全国大会を目指す、みたいな部活にはこれまで縁がなかったし、そういうニュースを見ることがあっても、これまで他人事だった。

「部活でもバイトでも、決められた時間内にきちんとやる方がいいだろ」

源くんはきっと、決められた時間の中でちゃんと成果を出せる人なんだろう。

私は何かと要領が悪いし、夢中になると時間とか気にしなくなりがち。決められた時間の中だけで、何もかもができるとは思えない。

それでも、源くんが言っていることは理解できた。

「決まった時間の中で、ちゃんとがんばればいいってこと？」

「そうそう。だらだら長時間やったって効率悪いだけだし」

昨日から続いていたもやもやが、ようやく薄らいでいった。

がんばるのが間違ってたわけじゃない。

ただ、やり方も考えなきゃダメだって話。

「ありがとう」

お礼を言った私に、源くんは「何が？」ときょとんとした。

「やりがい搾取で、ずっともやもやしてたんだよ」

「そんなことでもやもやしてたのかよ」

呆れたような顔をしながらも、源くんはその口元に少しだけ笑みを浮かべた。

源くんは自分の意見がはっきりしてて、いつも簡単に同調とかしない。

これまでも、強く言われてカチンと来たり、ヘコんだりすることは少なくなかった。

でも、呆れたりしながらも、ちゃんと話は聞いてくれる。

話を聞いて、自分なりに考えたことを伝えてくれる。

だから私も色々考えられる。

……今さらなのに。

源くんのそういうところ、やっぱり好きだなぁなんて思っちゃって、本当にどうしようもない。

でも、嫌いになれるわけじゃないし。

心の中でこっそり憧れるくらい、別にいいのかな。

中学生の頃からずっと変わりたいと思ってた。高校に入って、アルバイトを始めて、少しはそれができた気がしてた。

でも、私なんてまだ全然。源くんの足元にも及ばない。

もっと変わりたい。
ちゃんと自分で考えて意見を口にできる、源くんみたいになりたい。
視界の先に高校が見えてきた。二人でおしゃべりできるのもあと少し。

——自分のことは、自分でどうにかしなきゃ。

3．これまで、ありがとうございました！

待ち合わせは千葉駅に午前十時。

駅ナカのコンビニで待つこと五分ほど、隼人さんが現れた。

「遅くなってごめん、待った？」

いかにもデートの待ち合わせっぽい感じでそんな台詞を言われ、首を横にふる。

「全然遅くないですよ」

まだ九時五十五分。私が早く着きすぎただけだ。

デートに誘われた文化祭から一ヵ月ほど、遂に当日になってしまった。

風は少し冷たいけど、雲もなく青空の広がるいい天気、こういうのをデート日和とでもいうのかもしれない。

隼人さんは肩にはトートバッグを提げ、やや丈の長い紺色のコートの前を開けて羽織っていた。中は丸首のオフホワイトのカットソーで、脚の長さがわかる黒のスキニージーンズ、足元は黒のスニーカー。

ラフではあるけどさりげなくおしゃれで、ついまじまじとコーデを観察してしまった。わかってはいたけど、私みたいな垢抜けない高校生とじゃ釣り合ってない。

そんな私の内心などよそに、隼人さんは笑んだ。

「上りの快速電車、これなら予定より一本早いのに乗れそうだね」

千葉駅で合流したあとは、東京まで快速電車で向かう。目的の舞台は十一時半からで、観終わってから遅めのランチをとる、というスケジュールは事前に隼人さんからメッセで送られてきていた。

見るからに楽しそうな隼人さんから視線を外し、私は駅のコンコースに目をやった。午前中とはいえ土曜日、往来する人の姿は絶えず多い。

「どうかした?」

隼人さんはさっさと快速電車のホームに移動したそうだ。

「その……もうちょっとだけ、ここにいたいんですけど」

不思議そうに隼人さんが首を傾げた、ちょうどそのとき。

「——優芽ちゃーん！」

こちらに手をふり、改札の方から駆けてくる人物に気がついた隼人さんが目を瞬いた。

「萌夏ちゃん？」

ラフなジャンパーとジーパンというスタイルの萌夏さんは、長い茶髪を一つに結ってサイドに流している。

「あ、隼人さん、はよっす！」

砕けた挨拶をした萌夏さんに、隼人さんは状況を呑み込み切れていない顔で「おはよう」と返した。

「萌夏ちゃん、どうしたの？」

すると萌夏さんは、おもむろに私の腕に自分の腕を絡ませた。

「あたしにも来てほしいって、優芽ちゃんが」

隼人さんは不思議そうに私の顔を見て、やがて状況を察したらしい。

さっきまで楽しそうだった隼人さんの顔が〝がっかり〟に変わったのを見た瞬間、私は全力で頭を下げた。

「ごめんなさい！　私……やっぱり二人でデートはできません！」

千葉駅始発の快速電車に乗り込むと、三人並んで座れた。

萌夏さんは座るなり私の肩にもたれて眠ってしまい、隼人さんが苦笑する。

「萌夏ちゃん、昨日、終演作業のシフトだったでしょ？」

音楽用語が多用されるEバーガーでは、閉店作業のことを終演作業と呼ぶ。閉店後の掃除や様々な機器の洗浄などが終わるのは、夜の十一時半頃のはずだ。

「深夜シフトの次の日ならって遠慮したんですけど、萌夏さんが気にするなって」

「優芽ちゃんと萌夏ちゃん、何気に仲いいよね」

その言葉にちょっと嬉しく思ったものの、嘆息した隼人さんに気づいて表情を引きしめた。

「なんかその……すみません。出かけるのOKしたの、私なのに」

私が誰とデートをしようが源くんには関係ないって、やけっぱちな気持ちで考えたこともあった。

けどやっぱり、気が進まないのに、好きじゃないのに、デートをするのは違う。

そんなのきっと、隼人さんにも失礼だ。

そう結論を出して色々考えた挙げ句、私は萌夏さんに電話をしたのだった。

チケットは私が用意するから、デートの日に一緒に来てくれないか、と。

「まぁ、そんなにうまくいかないかなとは思ってた。ちょっとがっかりしたけどね」

私を責めるでもなく軽く笑ってくれる隼人さんは、やっぱりいい人だ。

「優芽ちゃんとは、仲よくできてるかなって思ってたんだけどなー」

「すみません……その、嫌いとかじゃないんですけど」

嫌いどころか、アルバイトでフォローしてもらうことも多いし、何かとお世話になってい
る。

「でもデートって、やっぱり好きな人と行った方がいい気がしました」

すると、隼人さんは小さく吹いた。

「優芽ちゃん、ホントまじめだよね」

何を笑われたのかわからずにいたら説明してくれた。

「二人で何度か遊びに行って、その過程で好きになったら付き合えばいいし、気が合わなかったら次の誘いは断ればいいし。軽いノリでよかったのに」

「え、デートってそんな感じなんですか？」

「そんな感じ」

一人で身がまえすぎてたってことなのかな。

とはいえ、押しに弱くない、とは言えないし。一度二人で出かけたら最後、流されて付き合うことになるとかは十分にありそう。

「やっぱり、その気がないのにデートするの、私には難しいです」

「『その気がない』かー。一刀両断だね」

「え、あ、すみません、私なんかがそんな偉そうに……」

慌てて謝ると、隼人さんはまた笑った。

「そんなに卑下することないのに。優芽ちゃん、いつもまじめで一生懸命で、見てて応援したくなる感じでかわいいよ」

年上の男性から放たれた「かわいい」という言葉は威力抜群で、みるみるうちに顔が赤くなってしまう。

「……からかってます？」

「いや、口説いてるんだけど」

隼人さんはしばらく私をからかって笑っていたけど、やがて大きく息を吐き出した。それから、軽く私の頭をポンポンする。

「参考に、何がダメだったか訊いてもいい？　やっぱり、色々噂とかあったしダメな感じ？」

来る者拒まずなのが玉に瑕だった隼人さんは、モテすぎるがゆえに彼女ができても長続きせず、付き合っては別れるをくり返していた。

とはいえ、それを気にしていたかというと、そんなことはない。

「それはあまり気にしてなかったんですけど。なんていうか……隼人さん、優しいじゃないですか」

「そりゃ、好きな子に優しくするくらいしたいけど」

「あんまり優しい人だと、甘えちゃいそうだなって」

新巻店長に「やりがい搾取」って言われたとき、隼人さんは私の話を聞いてすぐに同調してくれた。

自分が肯定されたように感じたのは一瞬のこと、すぐに不安が大きくなった。

一時の感情じゃなくて、ちゃんと考えてみないとわからないことって多い。進路でもなんでも、ただでさえ私は迷ってばかりなのだ。

それに、「それで正しいよ」って優しくされてばかりいたら、何も考えられなくなりそう。

「何それ、すっごいストイックじゃない？」

「ストイックってわけじゃないんですけど」

「俺、好きな子だったら無条件に甘やかしたいタイプなんだけど」

「もちろん、いつも手厳しいだけじゃイヤですよ」

知り合った当初の源くんは何かと私に塩対応で、嫌われてるものだとばかり思ってた。だから怖い人だと思ってたし、シフトがかぶるのも気が重かった。

でも少しずつ話せるようになって、たまに笑ってくれるようになって。

「それにその、ほかに好きな人もいるので……」

「それ、拓真でしょ？」

ずばり言い当てられて、頭から湯気が出た気がした。

「そうじゃないかと思ってはいたんだけどさ。変にストイックなとことか、思いっ切り拓真の影響じゃん」

「いやあの、そんなことは――」

「ごめんね」

唐突に謝られ、目をパチクリとさせる。

「何がですか？」

「優芽ちゃんが拓真のこと好きかもってわかってて、文化祭で拓真のこと牽制しちゃった」

――俺、優芽ちゃんのことデートに誘いたいんだけど。かまわないよね？

文化祭で、隼人さんが源くんに言ったあの台詞のことか。

「牽制なんて必要ないのに……」

源くんは、深田さんと付き合ってる。私がどうしようと関係ない。

けど、隼人さんはもう一度「ごめん」とくり返した。

「俺さ、優芽ちゃんが思ってるほど優しくもないし、いい人でもないよ。だから、今日のことだって気にしなくていいし、これからもバイトで気を遣ったりしなくていいからね」

頭の上から隼人さんの手が離れる。

「俺もすっぱり諦めるし。ただのバイトの先輩とか、友だちって感じでよろしくね」

「……ありがとうございます」

隼人さんはいつものように柔らかく笑んだ。

「ま、今日はせっかく都内まで出るんだし、舞台楽しもうね」

「はい。舞台、楽しみです」

空気が和んでホッとした。

それから、一つだけお礼を言っておく。

「こんなこと言うの、変かもですけど。デート、誘ってくれてありがとうございました。デートに誘われるなんて貴重な体験、もうないかもです」

「そんなことないでしょ」

「そんなことありますよ！　私、隼人さんの百分の一もモテないんですからね！」

「モテてもあんまり意味ないけどねー」

私をチラと見てから、隼人さんはその目を窓の向こう、遠くにやった。

「なんか地味にヘコんできたかも」

「それってさ」

と、いつの間に目を覚ましていたのか、萌夏さんが口を開く。

「これまで付き合ってきた女の子の気持ち、わかったってことじゃない?」

萌夏さんはそんなことを言い、ひひっと笑った。

「そうかもねー」

隼人さんは深々とため息をついた。

「しばらく反省の日々だわ」


劇場に着いて中に入り、各々(おのおの)のチケットにプリントされている座席を確認(かくにん)した。萌夏さんの分のチケットはあとからネットで買ったので、私と隼人さんとは席が離れている。

「観劇の間だけはデートだね」

隼人さんがそんなことを言うので、萌夏さんが私に「あたしとチケット交換(こうかん)する?」と訊いてきた。

「萌夏ちゃんってばヒドくない？」

「そのためにあたしはここに呼ばれてるんだし？　そもそも、隼人さんが優芽ちゃんにちょっかいかけてるとか、どんだけ驚いたと思ってんですか」

「もうフラれたけどね？」

反応に困る二人の会話を見ていた私は、萌夏さんのジャンパーの腕を少し引っぱった。

「席、このままで大丈夫ですよ」

「えー、優芽ちゃんってばお人好し」

「チケット、せっかく隼人さんが買ってくれたものだし……」

こうしてパンフレットなどの物販が行われているロビーから客席に移動し、萌夏さんと別れた。

隼人さんと二人になって席に着くとわずかに微妙な空気が流れ、でもそれをふり払うように隼人さんが話しかけてきた。

「萌夏ちゃんの分のチケット、よく取れたね」

「チケットのリセールやってるサイトがあって、定価で買えたんです」

急に都合がつかなくなって行けなくなった人などが、チケットが欲しい別の人に再販売できるサービス。チケットを転売する違法業者とは異なり、こちらは公式のお墨つきのサービスなので定価で買えて安心というわけだ。

「あ、ネットとか詳しくないんで、買うときはお父さんに手伝ってもらったんですけど」

誰と観に行くんだって、お父さんに散々詮索されたのは言わないでおく。

本番までは少しだけ時間があって、隼人さんが今日の舞台について教えてくれた。

「今回のお話、いわゆるクローズド・サークルものなんだけど――……」

ストーリーや好きな役者さんのことを楽しそうに話してくれ、本当にお芝居が好きなんだなってわかる。

と同時に、気まずくなってもおかしくないのに、こんな風に普通に接してくれる隼人さんはすごく大人だと思った。

私なんて、源くんに直接フラれてもないのに気まずくなりかけてた。

話していたら開演のベルが鳴り、いよいよ舞台が始まった。

物語の舞台は、山の中で忘れられたようなおんぼろホテル。そこに集められた奇妙な客人たち、そして起こる殺人事件。

一見するとありきたりな設定ではあったけど、役者たちの熱のこもった演技や凝った舞台装置に、徐々に物語世界に引き込まれていく。

『おかしな事態になったようね』

『助けが来るまであと三日、か……』

舞台にいる役者さんたちは、物語の登場人物にしか見えない。

別の誰かになれる演劇って、やっぱり面白い。

――けど。

今は、ちょっと見方が変わってた。

以前は、演じて別の自分になれるのってすごいって思ってた。

自分じゃ何も決められない情けない自分がイヤで、別の自分になりたくて、演劇に憧れてた。

でも、演じて別の自分になれるのって、一瞬のことでしかない。

舞台を降りれば、一人一人に日常が、生活が、人生がある。

Eバーガーで働くときは、別の自分になるつもりで心の中でスイッチを入れてる。

でもスイッチを入れるためには、「私はできる」っていう自信とか、人前に立つ勇気とか、仕事のためのたくさんの知識とかが必要で、それは結局、素の私が自分で獲得しなきゃいけないもの。

変わろうと思わなきゃ変われない。

諦めてたら変われない。

当たり前のことだけど、そういうことに気づくのって、時間もかかるし難しい。

そうして、二時間ほどの舞台は満場の拍手の中で幕を下ろした。

これでもかと拍手をしながら、物語の余韻を嚙みしめて隣の隼人さんに感想を伝える。

「すっごく面白かったです！」

すると、隼人さんは柔らかく笑ってくれた。

「それなら、連れてきたかいがあったよ」

荷物をまとめて席を立ち、萌夏さんの姿を探すと、出口のそば、壁際に立っているのを見つけた。

「お待たせしまし――」

た、と最後まで言い終わる前に私は言葉を切った。

萌夏さんは目をまっ赤にして、ハンカチを口元に当てている。

「どうしたんですか⁉」

「どうもしてない……」

「具合でも悪い？」

隼人さんにも心配され、萌夏さんは大きく首を横にふる。

「なんでもない！」

「でも、何かあるなら――」

「感動しちゃっただけ！」

叫ぶように言ってまっ赤な顔を上げ、ずびっと洟をすすった萌夏さんに、私と隼人さんは揃って笑った。


劇場から移動して、遅いランチをとるために三人で軽食メニューもあるカフェに入った。

パスタやサンドイッチとドリンクを注文し、番号札を持って丸いテーブル席に着くと萌夏さんは大きく息を吐き出す。

「なんか疲れちゃった……」

目元が赤いままの萌夏さんを、隼人さんが愉快そうに笑った。

「泣くほど感動してくれるなんて、萌夏ちゃんにも来てもらったかいがあったね」

「萌夏さん、どこに感動したんですか？」

物語は閉ざされたホテルでの殺人事件。チラシにも『そしてあなたは最後に涙する』なんて文言があったけど、基本は王道のミステリーだった。

「最後、自殺しようとした犯人を、探偵が止めたところ」

思い出したのか、萌夏さんはまたぐずっと鼻を鳴らした。

「あたし普段、映画とか全然観ないし、舞台なんて初めてだったんだけど……こんなに涙腺やられるとは思わなかった」

「萌夏ちゃん、創作物に慣れてないんだ？　世の中には面白いお話がいっぱいあるのにな」

「疲れるから遠慮しとく。現実で手いっぱい」

パスタやサンドイッチが運ばれてきて、私たちは揃って「いただきます」と手を合わせた。

もう午後二時過ぎ、お腹は準備万端で、素朴な味のナポリタンがすごくおいしく感じられる。

食べながら舞台の感想やお店の話なんかをポツポツしていき、やがて萌夏さんの就職話になった。

「萌夏ちゃん、いつからEバーガーの社員目指してたの？」

「目指してたってわけじゃないけど……高校やめて少ししてから、青江さんに『ここでバイト続けるならいっそ社員目指せば？』って言われてさ。それで諏訪店長に話してみたら、推薦状書いてくれるってことになって、入社試験受けた」

久しぶりに聞く諏訪店長の名前に、たちまち心配が膨れ上がった。

「諏訪店長、大丈夫ですかね」

過労で倒れた諏訪店長がその後どうなったかは聞いていない。今は新巻店長もいるし、寂しいけどもううちの店には戻ってこないんだろうな、って予想してた。

するとと、萌夏さんが教えてくれる。

「就職の関係でエリアマネージャーに会ったときに聞いたよ。入院してたけど数日で退院して、今は休養してるみたい。部署は替わるかもだけど、仕事にもそのうち戻るんじゃないかって話だったし、それならまぁよかったよ」

私もちょっとホッとした。

「心配してたのでひとまずよかったです」

諏訪店長にはお世話になったし、あのふわふわしたキャラじゃなければ私がアルバイトをすることもなかった。お礼くらい言えればよかったけど……。

「萌夏ちゃんも、社員になったら身体気をつけなよ」

「そっすね。諏訪店長、シフトの穴とか全部自分で埋めてたっぽいです」

「人手不足もあるよね。バイトもなかなか定着しなかったりするし」

「優芽ちゃんみたいな子ばっかりだったら困らないのに」

急に出てきた自分の名前に目を瞬く。

「そんなことないですよ」

「でも、決まったペースでシフト入ってくれて、トレーニングも自分からやってるの偉いよ」

萌夏さんに褒められて返す言葉に困った。

「それはその……部活やってなくて、時間があるから」

「まじめなのは優芽ちゃんのいいとこだよね」

そして隼人さんにまで褒められて、何も返せなくなる。

まじめとかまじめじゃないとか、そんなこと考えたこともなかった。

いつだっていっぱいいっぱいで、必死にやってただけ。

……でも、評価してもらえてるのは素直に嬉しい。

私はふと気になって、萌夏さんに訊いてみた。

「萌夏さんは、そもそもなんでEバーガーでバイト始めたんですか？」

「あたし？」

「訊いたことなかったなと思って」

萌夏さんは卵とベーコンのサンドイッチを頰ばりながら、うーんと考える。

「高校生ができるバイトで、時給が高い方だったから？」

思ってもない現実的な回答だった。

「それで社員になっちゃうんだからすごいね」

隼人さんが軽く笑い、でも萌夏さんは神妙な顔で頷いた。

「うん、自分でもびっくり。あ、でも、始めたのはそういう理由だったけど、働いてからは接客とか、人と話すの面白いなって思ってたよ。色んなお客さん来るし、バイトの人も面白いし」

「あ、修吾さんも同じようなこと言ってました。人と話すのが嫌いじゃないって」

楽屋で修吾さんに就活の話を聞いたときのことを二人に話す。

「修吾さんが営業とか怖いんだけど」

「俺、うまく乗せられてツボとか買わされそう」

ヒドい言い草だけど、アルバイト歴が長くて修吾さんとも仲がいい二人だからこそなんだろう。

「自分の性格に合いそうな仕事にしようと思ってるって聞いて、色んな考え方があるんだなって参考になりました」

「そういえば、前にも進路のことで悩んでるようなこと言ってたね」

隼人さんの言葉に首肯する。

「実は文理選択の希望調査票を来週には出さないといけないんですけど、まだ決められてなくて……」

「ぶんり？」

サンドイッチを綺麗に平らげ、ウェットティッシュで指先を拭いていた萌夏さんが首を傾げた。

「うちの高校、二年生から文系と理系にクラスが分かれるんです」

「へぇ、そんなのあるんだ」

「文理選択は迷うよね。俺は好きなもので選んじゃったけど、本当によかったのかなって今でもたまに思うし」

「好きなもので選んでもそうなんですか……」

つい考え込んでしまったら、萌夏さんが明るく声をかけてきた。

「優芽ちゃん、好きなものとか得意なものとかないの？」

「なくはないんですけど、あんまりそういうの考えるのに向いてないっていうか……」

「いいから教えてよ！」

「……図工、とか？」

私の答えに、今度は隼人さんが訊いてくる。

「図工って、折り紙とか工作とか？」

「そういうのじゃなくて……あの、前に話した、お店のＰＯＰです。厚紙でハンバーガー作って、カードにおすすめコメント書いたりとか、そういうの好きだなって」

「作るのが好きなの？」

「作るのも好きですけど……どうしたら見やすくなるかなとか、伝わるかなとか、考えるのも好きです」

「それ、図工っていうか、デザインなんじゃない？」

「デザイン？」

　一気に視界が開けるように感じた。

　そういえば、文化祭でメニューを考えていたときも、なかなかデザインが決まらないって悩んでたんだった。

　何気なく使っていた単語だっただけに、まったく意識できてなかった。

「デザインって、洋服とか作るデザイナーの仕事？」

　萌夏さんの質問に、そういうのもあるけど、と隼人さんが説明する。

「デザイナーって、色んな仕事があると思うよ。ほら、今日の舞台のチラシとか、ああいう文字組みしたりしてくれるのもデザイナー」

　バッグにしまっていたチラシを取り出した。公演のタイトル、日時、キャストの名前などが、イラストや写真を邪魔しないように絶妙に配置されている。

「それこそ洋服や文具みたいな商品のデザインもあるし。優芽ちゃんが作ったPOPなら、広告デザインだね。街にあるポスターとか、お店の販促物とかのデザイン」

漠然と好きかもと思っていたものに「デザイン」という名前がついて、感慨にも似た感情で一気に気持ちが昂ぶった。

「私、デザインのこと調べてみます！」

「よかったね、好きなものがなんだかわかって」

「はい！　今日ここに来てよかったです！」

私の言葉に隼人さんはなぜか苦笑を浮かべ、萌夏さんは小さく吹いた。

「ま、デートは失敗したけど、優芽ちゃんがよかったならよかったよね」

笑っている萌夏さんの言葉にあっと思ったけど、しまいには隼人さんも笑いだすしで、それ以上は何も言わずにおいた。


♪♪♪


カフェでゆっくりしてから千葉駅まで戻ってきた。

もうすぐ午後四時半、日はもうほとんど沈んでいる。

内房線で帰るという隼人さんとはコンコースで別れ、私と萌夏さんの二人になった。

「萌夏さん、今日は一日付き合っていただいてありがとうございました」

デートについてきてくれなんて、萌夏さんじゃなきゃ頼めなかった。

「全然いいよ。なんだかんだ、あたしも楽しかったし、お芝居も面白かった。隼人さんには悪いことしちゃったけど？」

萌夏さんに肘でぐりぐりされて身をよじった。

「まさか、隼人さんが優芽ちゃんに行くとは思ってなかったわ」

「お店のみんなには内緒にしてくださいね」

「わかってるって」

千葉駅から徒歩で帰るという萌夏さんとは、中央改札の前で別れることになった。

「優芽ちゃんももう帰るの？」

「北口の方から出て、中央図書館に寄ってみようかと思ってます。デザインの本とか探してみたくて。図書館すぐ閉まっちゃうかもですけど……」

「やっぱ、優芽ちゃんまじめだよ。がんばってねー」

手をふって萌夏さんを見送り、私は駅ナカを歩いて中央改札の反対にある西改札から駅の外に出た。

繁華街のある東口方面とは異なり、北口方面は予備校や学校などの建物はあるものの、基本的には住宅街といった趣で人の往来は多くなく落ち着いた雰囲気。

そうして千葉駅から歩くこと約十分、中央図書館のある大きな建物に到着した。

デザイン関連の本は一つの棚に集約されていて、時間をかけず見つけることができた。隼人さんの言っていたとおり、デザインにも色々ある。

建築、アート、広告、服飾、本の装丁。

ユニバーサルデザインの本には特に興味を引かれた。年齢や国籍、性別や障がいの有無にかかわらず使いやすいデザインのことだという。

文化祭の出しものの喫茶店で使うメニューを作ったとき、最終的には文字が大きくて読みやすく、指差ししやすいデザインにしたのを思い出す。色んな人が読みやすくて使いやすいものにしようと思った。どうしたらそうなるのか、学校で勉強できたら面白いかもしれない。

市内で使える図書館の利用カードはお財布に入れっ放しだった。ここぞとばかりに五冊借り、両手で抱えて図書館を出たのは閉館間際の午後五時半、空はもうすっかり夜の色だ。

借りた本はじっくり読みたいけど、まずは来週に迫った文理選択をなんとかするのが先だ。ひとまずざっと見て興味がある項目をピックアップして、学べそうな学部がある学校を調べてみよう。

考えながら歩いていたら背後から勢いよく自転車がやって来て、避けた拍子によろけかけた。バッグに入らなかった本で両手が塞がっていて危ない。それに、うっかり本を落として汚しちゃいそう。

本を抱えたまま住宅街の緩い下り坂の道を歩いていき、駅の近くまで来てコンビニに入った。目当ての紙袋は入ってすぐのところにあって、種類も柄も豊富だ。

どれにしよう、と屈んで柄を見ていたら、重ねていた一番上の本が足元に音を立てて落ちてしまった。片手で本を抱えて手を伸ばそうとしたところ、すぐに誰かが拾ってくれる。

「ありがとうございます」

お礼を言って顔を上げると、目の前に立っているのはだぼっとしたジャンパーにジャージのズボンを穿いたメガネの中年男性だった。

ふいに既視感を覚え、ついじっくりとその顔を見てしまった直後。

「……守崎さん？」

かけられた声に、たちまち目が丸くなる。

「諏訪店長？」

諏訪店長——元店長の方が正しいのかな——は、コンビニでホットレモンのペットボトルを奢ってくれた。

「ありがとうございます」

温かいペットボトルを受け取って、コンビニの駐車場のすみに移動する。近くの歩道には、街灯がポツポツと白い光を落としていた。

「まさか、こんなところで守崎さんに会うとは思いませんでした」

愉快そうに笑う諏訪店長は、コンビニでお総菜とホットコーヒーを買っていた。

私の知っている諏訪店長はEバーガーの社員さんで、いつもきちっとした制服姿だった。こんな風にラフな格好で見慣れないメガネ姿だと、まったく知らない男の人に見える。

「守崎さんは、ご自宅はこの辺りなんですか？」

けど穏やかで丁寧な口調は私の知っている諏訪店長そのままで、少しホッとして答えた。

「帰りに図書館に寄ったんです。——あ、今日、隼人さんと萌夏さんと出かけてて、諏訪店長どうしてるかなって話してたんですよ」

「それは……ありがとうございます。挨拶もできずにお休みすることになってすみません」

「お身体は、もう大丈夫なんですか？」

「はい。まぁ、百パーセント万全ってわけじゃないですが」

思っていたより顔色は悪くない。少し痩せたような気もしたけど、見慣れた服装じゃないせいかもしれず、よくわからなかった。

「うちの店には、もう戻ってこないんですか？」

「そうですね。退院してまだ休職中なんですが、そのうち仕事には戻ると思います。ただ、しばらくは店舗ではなくオフィス勤務になりそうです」

社員とアルバイトじゃ違うし、何より大人の話という感じがしてしまって、どういう言葉を返すのが正しいのかわからなかった。

すると、そんな私に気づいたように諏訪店長は訊いてきた。

「新巻は店でうまくやってますか？」

どこか親しげな響きもあるその呼び名に目を瞬いていたら、諏訪店長は教えてくれた。

「新巻とは、同期入社なんです」

「同い年なんですか？」

「新巻の方が一つ下ですね。私は大学に入るのに、一年浪人したので」

ふんわり穏やかな諏訪店長と、クールで物言いのはっきりした新巻店長。二人が並んでいる図は想像できない。

「私、ちょうど今週、新巻店長に怒られました」

POPを作って「やりがい搾取」だと言われた件を話すと、諏訪店長は破顔した。

「すごく新巻らしいです」

「笑いごとじゃないです……」

「新巻って一見すると冷たそうなんですが、とてもよく人を見ているタイプなんですよ。怒ったのも、守崎さんを心配してのことだと思います」

新巻店長のことはいまだによくわからないし、緊張するって思ってばかりだったけど、知っていけばそうじゃないってことなのかな。

「私も、入院していたとき、見舞いに来た新巻に怒られました。無理を続けても、こうやってツケが回ってくるだけだって、そりゃもうネチネチ言われました。きっと、守崎さんにも同じようなことを言いたかったんでしょう」

源くんが言ってた、オンとオフの話を思い出す。

これまで、学校でも家でもがんばるのは大事だって教わってきた。けど現実は、ただがんばればいいってものでもなさそうだ。

決められた時間の中で、とか、身体を壊さないように、とか。

何も考えずがむしゃらにがんばるだけじゃ足りない。やり方も考えないと。

「がんばるのって難しいですね」

そうそう、と諏訪店長は神妙な面持ちになって、すぐに笑った。

「守崎さんも、無理せずがんばってくださいね」

諏訪店長は近くのマンションに住んでいるそうで、コンビニの前で頭を下げ合って別れた。

——と、一つだけ。

去っていく細い背中に「諏訪店長！」と声をかけると、足を止めてこちらをふり向いてくれる。

「これまで、ありがとうございました！」

諏訪店長はふやけるような笑みを浮かべ、大きく手をふってくれた。

それにもう一度だけ頭を下げて、私は駅への帰路を急いだ。

4．すぐに相談してください。

少し前に中間テストと文化祭があったばかりなのに、十一月も下旬(げじゅん)になると十二月初旬の期末テストに向けてそろそろ準備を始める時期で、学校生活は何かと慌(あわ)ただしい。期末テスト前は例のごとくで一週間シフトを休みにさせてもらう予定で、十一月も今日を含(ふく)めてあと二回のシフトを残すのみとなった。

三連休最終日の今日は祝日で、千葉駅(ちばえき)もなんとなく人が多く感じられる。けど午前十時過ぎ、駅から少し離(はな)れれば店はまだ開いていなかったりオープンしたばかりだったりといった感じで、Ｅバーガー京成千葉中央駅前(けいせいちばちゅうおうえきまえ)店までの徒歩十分ほどの距離(きょり)は、人とぶつかることもなくすいすいと歩いていけた。

今日のシフトは、源くんと一緒。

心の中で勝手に想うのは自由だしとある意味開き直ったこともあり、久しぶりに素直に楽しみだった。

深田さんに後ろめたい気持ちはありつつも、バイトのときにちょびっと話すのを内心楽しみにするくらいのことだし。

そして、シフトといえば。

ランチタイムから、新巻店長もＩＮする予定になっていたような。

諏訪店長の言葉もあって新巻店長に対する印象は少し変化したけど、かといって苦手意識が薄れたわけじゃない。

お店に到着し、裏口のインターフォンを押すとドアを開けてくれたのは予想外に源くんでドキッとしてしまう。

「お、おはよう！」

ちょっと声が裏返った。

「おはよう」

源くんはいつもどおり素っ気ない。けど、早々に会えてなんか得した気分。

と、源くんの名札の横に何か赤いものがついていることに気がついた。

赤い帽子をかぶった、丸顔のサンタさんのワッペン。

「そのサンタさん、どうしたの？」

「クリスマスまで全員名札につけろって。楽屋に置いてある」

端的に説明すると、源くんはさっさと背を向けて去っていった。

そういえば一昨日、萌夏さんがクリスマスの飾りつけはもう終わってるって話してた。新メニューの販売も、もう始まっているはず。

怒られちゃったし、私のＰＯＰは使ってもらえてないかもだけど……。

制服に着替えて楽屋を出て、キッチンにいる修吾さんに挨拶してカウンターエリアに顔を出す。

カウンターテーブルの端っこには小さなクリスマスツリーが置かれ、客席の壁もリースや飾りでキラキラしている。よく見ると動物たちの飾りにもサンタ帽がつけられていて、芸が細かい。

なんだかすっかりクリスマスムードで、ふと、高校生ってクリスマスはどんな風に過ごすのが正解なんだろう、なんて考える。

小学生の頃は、友だちとクリスマス会だなんだとパーティをしたものだけど、もうそういう歳でもないし、目下予定は何もない。

去年は受験生だったし、クリスマスイブも当日も塾の講義があった。家でお母さんが買ってきたクリスマスケーキを食べたくらい。

彼氏がいたら忙しいんだろうけど、そんなこともないし……。

源くんはお客さんの対応をしていたので、INのタイミングでする挨拶はひとまず置いておいて私はPOSで出勤時間を入力した。

それから、ドリンクマシンの上部にあるディスプレイにオーダーされたホットコーヒーが表示されたので用意する。テイクアウトなので、キッチンから上がってきたホワイトシチューコロッケバーガーとポテトと分けて紙袋に入れ、受け渡しカウンターに持っていく。

そうしてお客さんが去っていき、「ありがとうございました！」と見送ったところで、「おはよう」と源くんの方から挨拶された。

それだけのことがなんだか嬉しくて、でもいつもみたいに顔に出ちゃわないように気をつけ、「おはようございます」って少しかしこまって頭を下げる。

なんでもないただの挨拶なのに、胸にじんわり広がっていく温かい気持ちを嚙みしめた。

そんな私に、源くんは「そういえば」と話しかける。

「ホワイトシチューコロッケバーガー、結構売れてるよ」

「そうなんだ！」

十二月目前、寒い季節にはぴったりの新商品。

私も今日のお昼ご飯に買おうかな。

「あの飾りの効果もあるんじゃね？」

「飾り……？」

源くんがレジカウンターの方を指差したのでハッとした。

カウンターエリアから出て客席側から見ると。

ＰＯＳマシンの前面に、私が作ったＰＯＰが飾られていた。

ハンバーガーやドーナツを模して厚紙で作った飾りと、手書きのおすすめコメント。

『寒い冬においしい、あったかトロトロのシチューコロッケ♪』

『みんなで食べたいお星さま、トゥインクルドーナツは３種類！』

新巻店長、ちゃんと使ってくれたんだ……。

「それ、前に守崎(もりさき)が作ったって言ってたヤツだろ？」

レジカウンター越しに見下ろすように訊(き)かれ、言葉にならなくて大きく頷(うなず)いた。

一歩下がって、離れて見てみる。

列に並んでいるときなど、離れた距離からも読めるよう、文字は少し大きめにした。

クリスマスっぽいキラキラした飾りもアクセントに使った。

時間をかけて作ったものが、いつものPOSマシンを特別仕様に変えたみたい。

言葉にできないほどの達成感で胸がいっぱいになっていく。

飾ってもらえただけでも嬉しいのに。ちゃんとそれがお客さんの目に留まって、商品の購入につながってるんだとしたら、なんてすごいことなんだろう。

嬉しいのに恥ずかしいような落ち着かない気持ちになっちゃって、走りだしたい衝動を抑えるように客席を一周し、せっせとテーブルや椅子を拭いて回った。

移動する度に視界に入ってくるPOPに、ほっぺたがつい緩む。

怒られちゃったけど、作ってよかった。

忙しなく掃除して、ゴミ箱やトイレのチェックもしてカウンターエリアに戻った頃、ようやく気持ちは平常になってきた。

「守崎って、そういえば文化祭でもメニューとか作ってたよな」

ふいに源くんに話しかけられ、やっと落ち着いたはずの心臓がまた跳ねる。

「よく覚えてるね」

そういえば、メニューのことは隼人さんも覚えてくれてたっけ。

小さなことでも、自分がやったことを覚えててもらえるのってありがたいし、やってよかったなって思う。

「私ね、今、デザインに興味があって。こういうＰＯＰとか、文字の配置とかどうしたら見やすくなるかとか、考えるの面白くて」

期限ギリギリになってしまったけど、文理選択もやっと結論を出せた。

ひと口にデザインといっても、色んな分野がある。興味があるものはいくつかあるし、そこはまだ絞り込めていない。けど、そういうデザインの仕事をするにはパソコンスキルが必須で、そういうものを学べそうな学科に進もうかなって思ってる。

本を読んだりネットで調べたりして考え決めたことを、誰かに話したかったのかもしれない。ついつい饒舌になって、文理選択の話もした。

「文理選択もずっと迷ってたんだけど、理系に決めたよ。今のところは、デザイン工学を勉強できるところ目指したいなって」

へぇ、と源くんは眉を上げた。

「理系なんだ？　俺も理系のつもり」

源くんは、情報系の学科を志望しているという。

「理系クラスの方が例年少ないみたいだし、そしたら同じクラスになるかもな」

なんでもない顔で源くんがそんなことを言った直後、フライヤーのタイマーが鳴ってポテトが揚がり、会話は中断した。

ポテトのバスケットを片づけている源くんの背中をつい見つめてしまったものの、お客さんが立ち上がったのが見え、慌てて顔を背けて客席に移動した。

「トレー、こちらでお預かりします」

お客さんが片づけようとしていたトレーを受け取ると、「ありがとう」と礼を言われて頭を下げ返す。

……顔、赤くなってないかな。

トレーを片づけながら、カウンターエリアの源くんを窺う。

同じクラスになるかも、なんて言われて、平静でいられるわけがない。

期待してもしょうがないってわかってるのに。

いつもいつも、意識してるのは私だけなのに。

ゴミ箱の上に溜まっていたトレーをついでに片づけ、カウンターエリアに持って帰った。お客さんが途切れているので、新しいクロスで一枚ずつ拭いて綺麗にしていく。

意識しすぎないよう、浮かれすぎないよう、頭を空っぽにしたくて黙々と手を動かしてるのに、気持ちはついふわっとしてしまう。スイッチの切り替えもうまくいかない。

「――カップ、予備はここに置いておくからな」

気がつけば午前十一時を回っていて、源くんはすでにピークタイムの準備を始めていた。ペーパーナプキンやカップの束、砂糖やミルクなどのアイテムを奥の棚から運んできている。

「ありがとう！」

レジや受け渡しカウンターの引き出しにストックすることになっている砂糖やミルクなどを受け取り、私もピークに向けて準備を始める。

受け渡しカウンターの整理をしていたら、ホットコーヒーのストックを作っていた源くんと距離が近くなった。

……どうせ、意味なんてないけど。

私は手を動かしながら、思い切って話しかけた。

「隼人さんと、デートしなかったよ」

源くんが手を止めてこっちを見る。

「文化祭のとき、隼人さんがデートのこと、言ってたでしょ」

デート、なんて単語を源くんに向けて発したからか、痛いくらいに脈打つ心臓の音が耳元で聞こえる。

自分でも唐突なのはわかったし、いつものように、「あっそ」とか素っ気ない感じで返事があると思ってたのに。

「それ、誘われなかったってこと？」

思いがけない質問に一瞬ポカンとしてしまい、慌てて首を横にふる。

「誘われたし、出かけはしたんだけど、萌夏さんにも来てもらった」

「萌夏さん？」

「その気がないのに二人で出かけるのはよくない気がしたから、萌夏さんにもついて来てもらって……」

源くんは私からふいっと顔を逸らし、そして。

ぷっと吹き出すなり、ケラケラ笑いだしてしまう。

「それ……隼人さんも萌夏さんもかわいそすぎるだろ」

「だ、だって、ほかにどうしたらいいかわからなくて――」

ポロロロン、とお客さんが来店するメロディが流れて、二人してパッと表情を切り替えて
「いらっしゃいませ、こんにちは！」と挨拶した。

カウンターの方にやって来るお客さんに、「こちらのレジへどうぞ」と源くんはスマートに案内するけど、その表情はまだどこか愉快そう。

……びっくりした。

デートのこと、詳しく訊かれるなんて思ってなかった。

源くんは隼人さんの女性遍歴をあまりよく思ってなかったし、少しは心配してくれてたとか？

映画が終わったのかもしれない。続々とお客さんが来店して、余計なことを考える暇はなくなった。

午前十一時半を過ぎた辺りからお客さんが途切れなくなり、怒濤のランチタイムを迎えた。たくさんのお客さんであふれてレジの列は長くなり、ゴミ箱はすぐにいっぱいになる。ＰＯＳマシンはフル稼働でカウンターは四人、キッチンも三人態勢で、ポテトエリアにいる新巻店長がカウンターとキッチンの様子を見ながら適宜指示を出していく。

諏訪店長が、新巻店長は人をよく見ているタイプだと話していたのを思い出した。

アイドルタイムだと一人でいくつも役割をこなす必要があるけど、ランチタイムは人数も多いし、この人はドリンク担当、この人は受け渡しカウンター、この人は……と、ポジションを割りふって回す。

カウンターエリアの奥まったところにある受け渡しカウンターには、少し前に採用されたばかりの経験の浅いプレイヤーが配置されていた。オーダーが表示されるディスプレイを見ながら商品を揃え、お客さんに渡す係。レジ対応に比べると変則的な作業が発生しにくいポジションだ。

一方、カウンターに慣れている源くんは、客席に近い位置にあるレジ担当。何かあったときにお客さんに声をかけたり、客席の方に出たりしやすくなっている。

適材適所を絵に描いたような配置になっていて、新巻店長が各プレイヤーの力量をちゃんと把握してるっていうのがわかる。それが店長の仕事だからといえばそうかもしれないけど、すごいなぁって素直に感心する。

そして午後一時、客足が少しだけ落ち着き、私より早い時間からINしていた源くんや修吾さんが休憩に入った。新巻店長は客席の方に出ていて、私がレジを任されてすぐのこと。

レジに並んだお客さんの中に、見覚えのある顔を見つけた。

祝日だというのに、スーツ姿で並んでいる三十代くらいの男性。

〝ミルク二個〟さん。

いつもミルクを二個、ガムシロップを一個つけてアイスコーヒーを注文するお客さんだ。店によく来る常連さんではあるものの、二回に一回はプレイヤーに説教をするともっぱらの評判で、それもあって〝ミルク二個〟だなんてあだ名を店のみんなに密かにつけられている。

私が主にシフトを入れている平日の夕方に来店することはあまりなく、夏休み以来ほとんど会っていなかった。

そしてとうとう、〝ミルク二個〟さんが私の前にやって来た。カウンターテーブルの上に音を立てて書類ケースを置いていて、見るからに機嫌が悪そう。つい萎縮しそうになったけど、心の中でスイッチを入れ直して持ちこたえる。どうか説教されませんようにと心の中で祈ってから、前を向いて挨拶した。

「いらっしゃいませ、こんにちは！」

通常だったらここでイートインかテイクアウトか訊くところだけど、〝ミルク二個〟さんは必ずテイクアウト。余計なことを訊くと説教が始まりかねないので訊かずにおく。

「アイスコーヒー一つ、以上」

ぶっきらぼうな口調で注文され、「アイスコーヒーお一つですね」と復唱した。

「お会計は百五十円になります。少々お待ち――」

〝ミルク二個〟さんが小銭をカウンターテーブルに叩きつけるように置いた弾みで、書類ケースがＰＯＳマシンにぶつかった。

ＰＯＳマシン自体は無事だったけど、前面に貼ってあったＰＯＰや萌夏さんが作ったクリスマスの飾りが剝がれ、床に落ちたのが私のところからも見えた。

「客が触るところ、ごちゃごちゃさせてんじゃねーよ」

ＰＯＰは邪魔にならないサイズで作っている。書類ケースを乱暴に扱って落としたのはそっちじゃないかと思ったものの、どうにかぐっと呑み込んだ。

今の私はＥバーガーの店員。

「……大変申し訳ありませんでした」

「この店、いつもそうやって謝るけど、なんも改善されてないよね？　大体――……」

残念ながら説教が始まってしまった。

カウンターエリアにいた別のプレイヤーの子が気を利かせて隣のレジを開け、待っているお客さんを誘導してくれホッとはしたものの、説教はなかなか終わらない。

今は黙って説教を聞いていられるほど店も暇なわけじゃない。お客さんの列はまだ延び続けている。

どうしよう……と、思っていたそのとき。

「お客さま、いかがなさいましたか？」

客席の整頓をしていた新巻店長が、〝ミルク二個〟さんに横から話しかけた。

新巻店長はすらっとしていて、〝ミルク二個〟さんよりずっと背が高い。メガネの奥から冷静な目が〝ミルク二個〟さんを見下ろしている。

「このバイトが……」

新巻店長は〝ミルク二個〟さんをレジの前からカウンターの端の方に誘導し、クールな顔に接客用の笑みを浮かべて問いかけた。

「当店の従業員が、何かいたしましたか？」

「その、レジの飾りがぶつかって……」

さっきまで威勢がよかったのはどこへやら、〝ミルク二個〟さんも新巻店長には強気に出られないのか、途端にもごもごし始める。

「もしこの場でおっしゃりにくいようでしたら、カスタマーセンターの番号をお教えしましょうか？」

「いや、そこまでは――」

「何かご不満な点がおありで、毎回この店でお話をされているのでしょう？」

〝ミルク二個〟さんの顔がわかりやすいくらいに青くなった。

「べ、別に毎回ってわけじゃ……」

新巻店長は、〝ミルク二個〟さんの顔の前でその左手を広げた。

「今月だけで五回です」

〝ミルク二個〟さんが息を呑む。

「こちらに明らかな非があればもちろん対処いたしますが、従業員から話を聞く限り、問題のある対応はないように思われました。ですが、毎回長時間のお話で従業員を拘束されているようですので、よほど思うところがおありなのでは、と」

〝ミルク二個〟さんは黙ったまま一歩後ずさった。そして答える代わりにくるりと新巻店長に背を向け、駆けるように店を出ていってしまう。

呆気に取られて事の次第を見ていた私は、お金をいただいたのに肝心の商品を渡せていなかったことに気がついた。

「アイスコーヒー……」

私の呟きに、新巻店長は素早くアイスコーヒーのカップとストロー、ミルク二個、ガムシロップ一個を摑み、ほとんど駆けるようにして〝ミルク二個〟さんを追いかけていく。

……びっくりした。

新巻店長が、あんな対応をするなんて。

私は気を取り直してレジに戻り、並んでいたお客さんの対応をした。

そうして少しして、新巻店長が店に帰ってきた。手ぶらなので、どうやら〝ミルク二個〟さんにアイスコーヒーを無事に渡せたらしい。

新巻店長はレジカウンターの下、客席側に落ちたままになっていた飾りやＰＯＰを拾い、汚れを払ってから私に差し出した。

「テープで留め直しましょう」

それから、カウンターエリアに戻ってくるなりこう言った。

「あの手の客は自分で対処しなくてかまいません。すぐに相談してください」

「一応、お客さんですけど……」

「こちらに本当に非があるなら謝るべきです。が、一度や二度ならまだしも、ああも常習的だと営業妨害以外の何ものでもありません。あんなどうでもいい説教で、うちの従業員が不快な思いをする方が問題です」

すごい、「どうでもいい説教」って言い切っちゃった。

みんなも内心では思っていたけど、誰もはっきりとは口にしなかったのに。

さっきまで接客用の笑みを浮かべていたというのに、この辛辣さったらない。

新巻店長、色んな意味でおっかない。

でも気がつけば、新巻店長への苦手意識は薄らいでいた。

私は少し姿勢を正して、まだ言えてなかったお礼を口にする。

「作ったＰＯＰ、飾っていただいてありがとうございました」

すると新巻店長は、そんなこと、とでも言いたそうな表情になる。

「せっかく作ってくださったのに、使わないわけがないでしょう？　作る過程に問題はありましたが、よくできていることには変わりありませんし」

辛辣だけど、手厳しくもあるけど、ズバズバした物言いではあるけど。

褒めるところは褒めてくれるし、ちゃんと店のプレイヤーのことも考えてくれてる。

新しい店長も、すごく頼りになる店長だ。

「あの……」

「なんです？」

「もしまたこういう機会があったら、ＰＯＰ、作ってもいいですか？　――あ、もちろん、今度はお店にいるとき、手が空いたときに無理のない範囲で作ります！　資料も持ち帰りません！」

私の言葉に、新巻店長はクールな目元をほんの少しだけ緩めて答えた。

「それはもちろん。よろしくお願いします」


源くんと交代するように今度は私が休憩を取り、店に戻るとカウンターではなくキッチンに割りふられた。カウンターには、まだ経験の浅いプレイヤーと新巻店長が入るという。

「守崎さん、キッチンの方も大丈夫なんですよね？」

新巻店長に訊かれて、「大丈夫です！」と答える。

地道なトレーニングのかいもあって、食材を調理したりハンバーガーを作ったりといったキッチンの基礎的な仕事はひととおりマスターした。

　お肉などを焼くグリルマスターであるシカのリンダのシールをはじめ、主だったキッチン周りのシールも集まり、森のオーケストラのメンバーで名札はすっかりにぎやか。

　いよいよ残りは一枚、接客マスター。

　専用の教材での勉強と店長によるチェックが必要なので、あらかじめ時間を作ってもらわないといけない。期末テストが終わった頃にやれたらなと密かに思っている。

　そうしてキッチンに入ると源くんと一緒で、ついつい頬が緩んでしまうのを隠すようにそそくさとエプロンを着用した。

　源くんはあと一時間で私より先にアップしちゃうけど、それまでは一緒に働ける。

「トレーニングはもういいの？」

　源くんはでき上がったばかりのイーサンバーガーを油が染みない専用のラップでくるっと手早くくるみ、カウンターの方に出しながら訊いてきた。

「うん。これでもひととおりのシールはもらったよ」

　二学期に入ってから源くんとシフトがかぶることはそこまで多くなくて、夏休みの頃のようにあらゆるトレーニングを源くんにしてもらうって感じじゃなかった。みんなに少しずつ、色んなことを教えてもらった。

「じゃ、とりあえずストック頼める？」

焼いたミートパティなどをストックしておく棚で残数を確認し、源くんが指示をくれる。

「ミートパティ九枚、ポークパティ六枚、ナゲット二十ピース、シチューコロッケ八枚……あ、パイもアップルとチョコ六つずつ」

言われたオーダーを頭に叩き込み、早速キッチンの中で立ち回る。

平日に比べ、土日祝日は昼を回ってもお客さんが途切れることはなかなかなく、ティータイムでもそこそこバーガー類が出る。基礎的な作業ができるようになったといっても、すべてを効率よくできるわけではないし、ストックのタイミングや量はいまだに自分じゃ判断できない。

とりあえず時間のかかる揚げものから着手しようと、冷凍のシチューコロッケとパイ類を専用のバスケットにセットする。

フライ用のバスケットは揚げものの種類によって形が異なり、使い分ける必要がある。このためバスケットは種類ごとに壁のフックにかけられてスタンバイしてあった。

以前、大学生の梨花さんが身長が低いことを理由にキッチンの仕事はやらないことにした、と話していたのを思い出す。

私は百五十八センチと平均的な身長だけど、それでもものによっては手が届くのがギリギリだったりする。フライ用のバスケットのスタンバイエリアもその一つで、上の方のフックだと少し背伸びしてやっと手が届く。

私が食材のストックをしている間にもオーダーがチラホラと入り、源くんがテキパキと作って出していく。

「パイがまだ揚がってないけど、そのほかは言われた分ストックしたよ」

「ありがと」と答えた源くんは、調理台の上、広げたラップに開いて置いた蓋になる方のパンの内側に、ソースガンで規定量のケチャップとマスタードを出した。あとはピクルス、ミートパティを順番に置き、底になる方のパンで挟んでラップでくるんでおしまい。

「食材をどれくらいストックするのかって、どうやって判断してるの？」

「この表の見方、教わってない？」

指差されたのは、キッチンエリアの壁際に貼ってある紙。各食材の略称と、金額の対応が一覧になっている。

「一時間ごとの売上金額がこれくらいだったら、この食材はこのくらいストックしておくって目安。そのときにいるリーダーに『今いくらのライン？』って訊けば教えてもらえる」

「すごい、知らなかった」

カウンターは一人でもそこそこ回せるようになったけど、やっぱりキッチンはまだ不安が残る。勉強することはまだまだありそう。

「今はどのライン？」と訊くと、源くんが教えてくれた。これなら、ストックの残数を見ながら自分でも少しは調整できるかな。

とはいえ、目安は目安。

少ししてグループのお客さんが立て続けに現れ、ホワイトシチューコロッケバーガーが飛ぶように売れた。予備のバスケットを使ってシチューコロッケを連続してフライヤーに投入し、揚がるまでの合間にほかの食材のストックや源くんの手伝いをしていく。

キッチンはグリルやフライヤー、ストック棚のタイマーの音で何かとにぎやかで、場所によっては来客を報せるポロロロン、という入口のメロディはなかなか聞こえてこない。その代わり、カウンターのプレイヤーの「いらっしゃいませ、こんにちは！」という声はよく聞こえる。

そんな挨拶が聞こえたら、お客さんの顔は見えなくても「いらっしゃいませ、こんにちは！」とキッチンからも声をかける。

そうしてすべてのオーダーを済ませると、波が引くようにお客さんが途絶えた。

フライヤーからシチューコロッケのバスケットが上がり、コロッケをバットにあけてすぐにストック用のトレーに移し替え棚にしまう。空になったバスケットは、持ち手以外は金属製でまだ高温。

冷ますために壁のフックに引っかけようと、バスケット片手につま先立ちした、ちょうどそのときだった。

足元がガクンと大きく縦に揺れた。

視界の端で、フライヤーに満たされた油の表面が波立つ。

客席の方で、「地震？」と誰かが声を上げて。

あっと思ったときには、私は身体のバランスを崩していた。

仰向けに身体が傾いで天井が見えた。手にしていた熱いバスケットはフックにかけられず、手から離れて空を舞う。

背中から床に倒れるかと思ったものの、思いがけず誰かに受け止められ、その誰かもろとも床に尻餅をついた。

そして私の顔を目指すようにバスケットが落下してくるのが見え、咄嗟に目をぎゅっとつむった——けど。

備えていた痛みや衝撃には見舞われず、バスケットは耳をつんざく音を立てて床の上に転がった。

「——失礼しました！」

カウンターの方から新巻店長のそんな声が聞こえてハッとし、身体を起こして気がつく。

私を背後から受け止めていたのは源くんだった。

ドキッとしたのは一瞬のこと、私が慌ててそこからどくと、源くんは片膝を立てて床に座ったまま、こちらを見もせず右手で左手首を押さえ、自分の左前腕を見ている。

前腕の外側には、網目状に赤い痕ができていた。

床に転がったシチューコロッケ用のバスケットとその網目が一致していることに気がつき、血の気が引く。

落ちてきた熱いバスケットを、源くんが弾いてくれたんだ。

「今の地震で何かありましたか？」

キッチンの方に新巻店長が顔を出す。

私が何も言えないでいると、立ち上がった源くんが冷静に事情を説明した。

「守崎さんはケガは？」

新巻店長に訊かれ、大きく首を横にふって私も立ち上がる。

「私は……私はなんともないです！　でも源くんが、」

私のせいで火傷をさせた。

しかもちょうどバスケットの平らになっている側面に接触したのか、その面積は狭くない。

私の顔を見るなり「大げさだな……」と源くんは嘆息したけど、痛みがあるのかわずかに顔を歪めた。

「火傷は早めに処置した方がいいですね」

新巻店長はすぐに源くんを裏のシンクに連れていき、源くんの腕を水で冷やした。源くんの様子が気になったけど、新巻店長も奥にいるので私がしっかりするしかない。

床に落ちたバスケットや源くんが落としたらしいトングなどを拾い、脇に避けて掃除をしていたらお客さんが来店したため、オーダーされたハンバーガーを作っていく。

少しして、新巻店長がこちらに戻ってきた。

「羽生くんが一時間ほど延長してくれるそうなので、私は源くんを休日診療している病院へ連れていきます。すみませんが、あとのことは羽生くんに従ってください」

修吾さんは多分、アップしたあと楽屋に残っていたんだろう。再び店の方に現れ、新巻店長と交代した。

「さっきの地震、ちょっと驚いたね」

修吾さんに明るく声をかけられ、けどとてもじゃないけど気持ちが上向かなくて俯く。

「私の不注意で……」

「不注意じゃなくて地震のせいだよ」

修吾さんはキッチンを私と交代した。「アニマートでね！」なんてカウンターの方に追い出され、出かけたため息は呑み込んだ。

アニマート、元気になんてできるわけない。

病院にまで行くことになっちゃったのに。

けど、そのせいでできた穴を修吾さんが埋めてくれてる。私もやらないわけにはいかない。

心の中で、強く強くスイッチを押して前を向く。

ポロロロン、とお客さんの来店を告げるメロディが流れる。

「いらっしゃいませ、こんにちは！」

カウンターにいるもう一人のプレイヤーに接客は任せ、私はドリンクの用意などサポートをしてから掃除用のクロスを持って客席へ出た。

掃除をして、お客さんに声をかけて、ゴミを片づけて、テーブルと椅子を整頓して。余計なことを考えずにひたすら身体を動かした。

その日の晩、夕ご飯を食べて自室に下がり、何度も何度もためらってから源くんにメッセを送った。

『火傷の具合、どうですか？　今日は本当にごめんなさい』

メッセを送った瞬間、重たい気持ちが疲労と重なって全身にのしかかり、ベッドの上で突っ伏した。

来月の頭には期末テスト。時間があるなら勉強をした方がいいってわかってるのに、とてもじゃないけどそんな気分になれない。

シフトが終わって私がアップしたあと、店に戻ってきたのは新巻店長だけだった。源くんは病院からそのまま帰宅したという。

——火傷は軽いそうですよ。

よほど私が心配そうな顔をしていたのか、クールな新巻店長まで気遣うような口調になって教えてくれた。

——『テスト前でシフトを休む時期とかぶってたから、ちょうどよかった』だそうです。

重い火傷じゃなくて、軽口を叩く元気もあって、心底よかったしホッとした。

でも……。

枕元に放っていたスマホが震え、上体を起こして通知を見た。

源くんからの返信。

あんなに気になってたくせにメッセを開くのが今は怖くて、ゆっくりとスマホの表面に指先で触れる。

『大したことないし気にすんな』

素っ気ないひと言のみ。

らしいといえば、らしいけど。

本当に大したことないのか。

気を遣わせまいとしているんじゃないのか。

それとも、痛くてあまりメッセをする気分じゃないとか……。

考えたところで答えなんて出るわけないのに、それでも考えずにはいられなくて、結局勉強は手につかなかった。

あんまりぐっすり眠(ねむ)れないまま、ひと晩経(た)ってしまった。
洗面所の鏡で自分の顔を見て、目の下にうっすらできたくまにますますげんなりする。目の周りをぐるぐるマッサージしてみたけどまったく効果はなく、仕方ないのでそのまま朝食の席に着いた。
「夜更(よふ)かしでもしたの？」

そして予想どおり、顔を合わせて早々にお母さんにそんな風に訊かれてしまった。顔に出ないわけがない。

「ちょっと……」

「ちょっと？」

続きを口にできないでいると、お母さんは向かいの席に座って私をまっすぐに見つめた。

「何かあるなら言ってみなさい」

こんな風に言われるの、いつぶりだろう。

小学生の頃は、学校で何があったか毎日逐一報告してた。

けど中学生になると自然とそういうのも減って、「学校はどうだった？」って訊かれても答えを濁すようになった。高校に入ってからは訊かれることすらほとんどなくなって、なんでもない雑談とか進路の相談とかだったら普通にするけど、自分の内面のことはあまり積極的に話さなくなってた。

お母さんがお店に乗り込もうとした八月のあの日、お店のそばで、高校では部活に入りそびれて友だちもうまく作れなかったって話をした。今思えば、あれってすごく久しぶりに自分の気持ちをお母さんに話した瞬間だったのかもしれない。

「……昨日の午後、縦揺れの地震あったの覚えてる？」

「あぁ、短かったけど結構揺れたね」

と、隣の席にいるお父さんも相槌を打ってくる。

「そのとき、転びそうになって……バイト仲間の人が、助けてくれたんだけど」

「けど？」とお母さんに先を促された。

「私の代わりに、その人が火傷しちゃって」

昨日からずっと堪えていたものがあふれ、滲みかけた涙は手の甲で拭う。

お母さんが顔色を変えて身を乗り出し「火傷は重たいの？」と訊いてきたので、すぐに首を横にふった。

「すぐに病院に行ったし、店長も軽いって言ってた」

「そう……」

お母さんは心底ホッとしたように椅子に腰を落としてから、ふと何かに気づいたように眉を寄せた。

「優芽、接客の仕事なんじゃなかったの？」

そういえば、お母さんにキッチンの仕事もやってることは話してなかった。

「接客メインだけど、キッチンの仕事もたまにやってて。色んな仕事ができた方が、幅が広がるっていうか……」

「キッチンなんて危ないいんじゃないの？　それこそ火傷とかケガとか」

この流れだと「キッチンの仕事は辞めなさい」とか言われちゃいそうで、慌ててフォローする。

「危なくないよ！　うっかりして小さな火傷することくらいはあるけど、包丁だって使わないし、普通にやってれば危なくないようになってるし！　昨日は地震のせいで――」

――不注意じゃなくて地震のせいだよ。

修吾さんにそんな風にフォローされたのを思い出す。

自分でもわかってる、けど……。

私がしゅんとしたのを見て取ったのか、お母さんはため息を一つつくと話を戻した。

「危なくないならいいけど。――じゃあ、火傷させちゃって悪いと思ってヘコんでるのね？」

大きく頷くと拭った涙が再び込み上げかける。

その直後、お父さんに横から頭をぐりぐりされた。

「優芽は優しいなー」

「ちょっ……髪の毛整えたばっかりなのに！」

ぷりぷりしてお父さんの手から離れる。おかげで出かけた涙は引っ込んだ。手ぐしで髪を整えつつ、ポツポツと話す。

「昨日の夜、メッセで謝ったら、大したことないし気にしなくていいって。なんか、どうしたらいいのかわかんなくなっちゃったというか……」

「そんなの、一つしかないでしょ」

お母さんが当たり前と言わんばかりの顔で言葉を続けた。

「もっと別の言葉を伝えたら？」

「別の言葉？」

自分で考えろということなのか、お母さんはそこで話を終わらせた。それに何より、おしゃべりしていたせいで、その後の朝食の時間はいつもよりバタバタ。大急ぎで食パンを食べ、身支度を調える。

でも、一人でぐちゃぐちゃ考えていたことを言葉にできて、ちょっとだけすっきりしたかも。

家を出るとき、お母さんに「ありがとう」って伝えて気がついた。

源くんに、まだお礼を言えてない。

西千葉駅に着いて、そわそわしながら学校までの道のりを歩いたけど、源くんの姿を見つけることはできなかった。

やっぱり具合が悪くなって学校を休むことになった、とかだったらどうしよう……。

伝えるべき言葉はわかってる。でもそれと悪いと思うのは別で、一方的な気まずさすら覚え、結局源くんの一年二組に立ち寄ったりすることもできずに自分のクラスに到着した。

「おはよー」

いつものようにクラスメイト何人かに挨拶され、それに返していたら背後からぽんっと肩を叩かれた。

「おはよう！」

深田さんだった。

「おはよう」

「優芽ちゃんのこと駅で見かけたから追いかけたんだけど、歩くの速くてここまで追いつけなかったよ」

「え、ホント？　ごめん……」

と、深田さんに謝ってから気がついた。

源くんの火傷のこと、彼女である深田さんには話しておいてもいいのかも。

自分の席に学生鞄を置いた深田さんに、私は学生鞄を下ろすこともせず声をかけた。

「深田さん！」

そして、ふり向いた深田さんの腕を取り、そのまま廊下(ろうか)の端に引っぱった。

「どうしたの？」

「私……深田さんに、謝らないといけないことがあって」

深田さんの正面に立って姿勢を正し、全力で頭を下げた。

「ごめんなさい！」

顔を上げると、困惑(こんわく)した様子の深田さんと目が合った。

「何か、謝られるようなことあった……？」

源くんから火傷のこと、聞いてないんだろうか。心配させないように隠してる？

とはいえ、謝ってしまった手前、説明しないわけにはいかないし。

私は声を潜(ひそ)め気味(ぎみ)にして、昨日のバイトでの出来事を話した。

「源くんに助けてもらったのにまだお礼も言えてないし……深田さんにも、悪いことしちゃったと思って」

深田さんはその大きな目をパチクリとさせてから、えっと、と言葉を探すような顔になった。

「拓真(たくま)くんが火傷したのは、うん、心配だね。私も心配だよ。でも、なんで私に謝るの？」

本気でわからないという顔をしている深田さんに、私までわからなくなった。

「だってそれは……」

今でもそれは、あまり積極的に自分から口にしたい言葉ではなかった。けど、どうしようもない。

「深田さんの彼氏なのに」

「え、彼氏？　誰が？」

「誰って、源くんが……？」

なぜか嚙み合っていない会話に二人して目を瞬き、先に口を開いたのは深田さんだった。

「拓真くん、彼氏なんかじゃないよ」

5. 申し訳ありませんでした！

いつもはクラスの何人かと机をくっつけてお弁当を食べているけど、その日の昼休みは深田さんと二人で中庭に行ってみた。

「……寒いね」

もうすぐ十二月、校舎から一歩でも出ると風が冷たくて、コートを持ってこなかった私たちはたちまち身体を縮こまらせた。暖かい季節は休み時間に人でいっぱいになる中庭も、今はガランとしている。

かくして中庭を諦めた私たちはお弁当片手に校舎内をうろうろし、結局、鍵のかかった屋上のドアの手前の階段に腰を落ち着けた。私たちのほかに人はいなくて、階段に座ると少し冷たく感じたもののすぐに慣れる。

一時間目が始まる前に深田さんが「昼休みに二人で話そう」って言ってくれ、午前中の間はずっと気もそぞろ、テスト前なのに授業にもなかなか集中できなかった。

そうして、やっとその昼休みになったというのに。

「……冬のEバーガーの新商品、星形のドーナッですごく人気なんだよ」

自分からはどう切り出していいのかわからず、挙げ句、どうでもいい話をしちゃって内心へコんだ。私はいつもこうなのだ。

けどそんな私をわかってくれてか、深田さんは「あ、この間それ食べたよ。チョコレートがトロトロでおいしかった」と感想を述べてからこう続けた。

「朝の話なんだけど」

こういうはっきりしてるところ、やっぱり深田さんには敵わないし憧れる。

「私、文化祭で優芽ちゃんに、フラれたって話したつもりだったよ」

朝もそんなようなことを聞いたけど、正直なところ、全然理解が追いついていないのだった。

文化祭のあのときのこと、今でもはっきりと覚えてる。

「返事は……？」って訊いた私に、深田さんは答えた。

「『思ってたとおり』って言ってた」

「うん。多分ダメだろうなって思ってたから、そのとおりだったって意味」

「そうなの……？」

つい深田さんの顔をまじまじと見返した。

「深田さんがフラれるなんてありえるの？」

私の言葉に、深田さんは「ありえるに決まってるじゃん！」ってカラカラ笑う。

「前から思ってたけど、優芽ちゃんって私の評価、高すぎじゃない？」

「そんなの、高くもなるよ。深田さんかわいいし、優しいし、気も利くし、それに──」

「そんなに褒めても何も出ないからね？」

ふふっと笑った深田さんに向き直る。

私の勘違いのせいで、なんだかとっても悪いことをしてしまったような。

源くんに彼女ができたわけじゃなかったって事実自体は、正直なところホッとした。

私が好きでい続けてもいいんだなって。

でも、深田さんの気持ちを思うと手放しで喜べるわけじゃないし。

「なんか、ごめん。あまり話したい話じゃなかったよね」

「謝んなくていいよ。もう一ヵ月も経ってるし、気持ちもそれなりに区切りついてるし。はっきり伝えられたから、まぁよかったかなって思ってるよ」

告白なんてしたことがないし、ましてや恋愛に限らず、私は思ってることを自分の中で燻らせがちだ。それじゃ何も変わらないってことはわかってるけど、それでも外に出すのに、ものすごく覚悟と思い切りが必要。

だから、気持ちを伝えて区切りをつけられたって深田さんは、本当にすごい。尊敬する。

私なんて、源くんが深田さんと付き合ってるって思ってたときも諦め切れなくて、しまいには好きなら好きでいいかなんて開き直っちゃうような中途半端だし。

「こっちこそ、はっきり言わなくて、勘違いさせてごめんね。拓真くんの火傷は心配だけど、私に悪いとか、そういう風に思う必要はないからね」

謝り合ったらなんだか気が抜け、私のお腹が空腹を主張する音を立ててしまって、二人して笑いながらお弁当の包みを開けた。

お弁当にはお母さんがコンソメスープのポットをつけてくれてて、ひと口飲んだら身体の奥に熱が灯ったようになる。

「気づいたら年末って感じだよね。もうテスト？　って感じ」

深田さんの言葉に、うんうん頷く。

「わかる。シフト提出するときに、もう十二月の予定考えなきゃいけないんだって思ったもん」

「あ、そうだ」

深田さんは思い出した顔になって、揃えた膝の上にお弁当を置いたまま、スカートのポケットからスマホを取り出した。カレンダーを表示している。

「優芽ちゃんの予定、訊いておいてって言われてたんだ」

クリスマスの前の週の土曜日の予定を訊かれた。ちょうどアルバイトのシフトはまだ出してない。

文化祭の係をやったクラスのメンバー、男女交えて八人ほどで、ケーキバイキングに行こうという話らしい。

「時間もお昼だし、それなら門限も気にしないで行けると思う」

「よかったぁ。じゃ、空けといてね」

でも、と深田さんは何かを思いついた顔になって続けた。

「デートの予定がこれから入ったりしたら、遠慮せず言ってね？」

「デート？」

きょとんとした私を、深田さんは肩で小突いた。

「拓真くんがフリーだってわかったんだしさー、がんばろうとかないの？　来月にはクリスマスだよ？」

たちまち顔を赤くし、ないないない、と顔の前で手を横にふった。

「恐れ多い……」

「えー、がんばればいいじゃん。拓真くん、中学の頃も結構女子に人気あったし、ぼーっとしてると先越されちゃうよ？　私もそれで動いたところあるし」

深田さんの言葉は説得力が半端ない。

けど、自分から何かそういうアクションをするなんてやっぱり想像できない。

登校途中に偶然会ったり、バイトでシフトがかぶったりしたら雑談くらいはできる。最初の頃の塩対応から考えれば大進歩。

でもそれって、ようやく普通の友だちになれたかな？　くらいのレベルの話だし。

深田さんみたいに呼び出して告白するとか、隼人さんみたいにとりあえずデートに誘ってみる、みたいなのは遠く及ばないって気がしちゃう。

みんなすごい。

こういうときにどうしたらいいのか、学校じゃ教えてくれない。

色んな人と関わって、初めてわかることってすごく多い。

そのうえ、わかったからってすぐに自分も真似できるわけじゃないし。

――けど、わかってることもある。

みんなすごいなぁって思ってるだけじゃ、変われないってこと。

「……がんばって、みる」

我ながら大胆なことを口にしちゃってから、「多分」とつけ加えた私はやっぱり小心者なのだった。


そんなにすぐに思い切ったことができるわけじゃないけど、まずは源くんに会ったら、ちゃんと「ありがとう」って伝えようって心に決めた。

けどその週、学校やバイトで源くんと顔を合わせる機会はなく、かといって自分から会いに行くこともできず、結局いつもどおりの自分を再確認することになった。

週が明けて十二月になった。
期末テストまで一週間、アルバイトのシフトもお休み。教室の空気も少しずつピリピリした

ものに変わり、昼休みには問題集や単語帳を開く生徒の姿が珍しくなくなった。かくいう私も、アルバイトの継続可否が懸かっているので気を抜けない。

日が経つにつれますます源くんと話すタイミングもわからなくなり、かといって気になって勉強に集中できず成績が落ちたら元も子もない。

源くんと話すのはテスト明け、バイトで会ったときにすると決めたその日の放課後、スマホに青江さんからメッセが届いた。連絡先はずっと前に交換していたものの、青江さんからメッセは珍しい。

何かと思ったそれは、クリスマスパーティのお誘いだった。お店の忘年会と、就職に伴い年内でお店を卒業する萌夏さんのお別れ会を兼ねているという。

日程は、深田さんたちとケーキバイキングに行く日の翌日。かつ、こちらは夜スタート。

……行きたい。というか、絶対に行く。

けど、門限を過ぎるのは明らか。おまけに、場所はお母さんが立ち入りを許していないカラオケボックス。すでに二重の関門が立ち塞がっている。

あれこれ思案しながら家に帰ったけど、お母さんが帰ってくるまでにはまだ時間がある。ひとまず自室で今日やる予定だった問題集を進めた。

数学の二次関数。数学は苦手でも得意でもなかったけど、理系に行くって決めてからは前より意識して取り組む時間を増やした。

将来の夢とか目標なんて一時期は考えるだけで憂鬱だったけど、ぼんやりとでも見えてくるとやっぱり違う。進む方向が決まれば、自ずとやらないといけないことも見えてくる。

問題集を数ページ進め、外が暗くなってきたことに気づいて一階のリビングに降りた。炊飯器のタイマーをセットし、玄関の電気を点けて再び二階への階段を上る。

いったんは思考の外に追いやっていた、クリスマスパーティのことが頭を過ぎる。

……目標を決めて、やるべきことを洗い出す。

そうだ、と閃いた。

お父さんは帰りが遅かったので、その日の夕食はお母さんと二人だった。

最近観たテレビの話とか、テスト勉強のこととか、とりとめもなくなんでもない話をしつつ夕食を終え、食器類をひととおり下げて食後のお茶が出てきたそのとき。

「これ、見てほしいんだけど」

私は用意していたルーズリーフを、ここぞとばかりにお母さんに差し出した。

「何？」

湯呑み片手にお母さんは紙を受け取り、私の手書きの文字を目を丸くして見つめた。

「今度、お店のクリスマスパーティがあるの」

私がそう説明すると、お母さんはルーズリーフから目を上げた。

「で、これは何？」

渡したルーズリーフには、パーティの日時、場所などのほか、参加したい理由、参加したときに約束すること、などなどを書き連ねてある。

「どうしても参加したいから……その、説明資料を、作ってみたんだけど」

口頭で話せば済む話だってわかってはいたけど、漏れなくきちんと自分の意思を伝えるのって難しい。それならいっそ、文字でまとめてしまおうと考えたのだ。

お母さんは湯呑みを置いて、黙ってルーズリーフを読みだした。

『参加したい理由』には、お店のみんなが参加すること、今月でお店を卒業する仲のいいアルバイト仲間の送別会も兼ねていること、などを列挙した。

『参加したときに約束すること』には、テーブルにアルコールがあっても絶対に飲まないこと、二次会には参加しないこと、はしゃいでハメを外したりしないこと、などを列挙した。

そして最後に、『約束を守れなかったらアルバイトをやめます!!』と太い赤ペンで書いておいた。

「開始、午後六時なのね」

お母さんの言葉に頷いた。

「門限には間に合わないから……」

お母さんは呆れ顔になって私を見て、ルーズリーフを食卓の上に置いた。

「これ作るのに、どれくらい時間かかったの？」

「えっと……一時間、くらい？」

またしても私の悪い癖が発動し、ここは下線を引いてわかりやすく、ここは赤ペンで強調して、などとどうでもいいところにこだわってしまったのだった。

はぁ、と大きなため息をついて、お母さんはルーズリーフを右手の人差し指で叩いた。

「テスト前なんだから、こんなもの作る時間があるなら勉強しなさい」

ピシャリと放たれた言葉に固まった。

二重の関門を突破するには、やっぱりこれくらいじゃダメだったのか……。

諦めたくない。けど喰い下がるための武器も言葉も今は何もなくて、しょんぼりしかけたそのとき。

「これくらいのこと、口で言いなさい。反対しないから」

思いがけない言葉に小さく息を呑んでお母さんを見返した。

お母さんは私の視線を受け止め、静かに嘆息する。

「……行ってもいいの？」

「何、反対してほしかったの？」

「そ、そうじゃないけど……」

「ここに書いてあることを守るっていうなら、かまいません」

そう言って、お母さんはなんでもないという顔でお茶をすすった。

一方、私は思いがけずあっさり許可をもらえてしまって、まだ実感がわかない。

「その……ありがとう。本当にありがとう」

するとお母さんは少し目元を緩めた。

「実はね、ちょっと前にお父さんと話してたの。門限、優芽にはもう必要ないんじゃないかって」

予想もしていなかった言葉に、え、と逆に不安になった。

「なんで……？」

いつだって一人だけ時計を気にしてばかり、門限なんてうっとうしいばかりだった。

でもいざなくすと言われると、森の中で置き去りにされるような心細さをも感じてしまう。

「門限がないからって、夜遊びしていいってわけじゃないの。遅くなるなら連絡してもらわないと困るし、それが守れないならやっぱり門限は必要だと思うし」

でもね、とお母さんは言葉を続ける。

「優芽なら、そういう判断、もう自分でできるでしょ？」

お母さんはルーズリーフに目を落とした。

「私があれこれ言わなくても、今の優芽ならやっていいことと悪いことの区別くらい、できるでしょ」

その言葉に、私は小さく頷いた。

「アルバイトもどうなるかと思ってたけど、ちゃんと自分で考えてシフト出して、今のところは勉強とも両立できてるし。進路も自分でちゃんと考えて決めてたし。だから、」

「だから？」

「自分の管理は自分でしてみたらどう？　ってこと」

お母さんの言葉をゆっくり咀嚼し、理解できた瞬間、耳の先がカッと熱くなった。

「いいの……？」

「その代わり、自分で決めたことの責任は自分で取るくらいの気持ちでいなきゃダメだからね。それと、門限がなくなったからってハメを外しすぎないこと。もちろん、何かあったらすぐに相談しなさい」

これまで、何をするにしてもお母さんの意向が絶対で、それに従うのが当たり前だった。

自分で決める前に、こうした方がいい、優芽にはこっちがいい、そんな風にあれこれ言われるのが常だった。

みんなは違うのにって、過保護だって不満だった。

確かにそういう一面もあったんだろう。でも多分、それだけじゃなかったんだって今わかった。

信用されてなかったのだ。

優柔不断（ゆうじゅうふだん）で、何をやるにしても自信がなくて、頼（たよ）りなくて。

そんな私に任せることなんてできないって、お母さんはあれこれ口を出していたのかも。

だけど、今の私なら自分のことは自分で決められるだろうって思ってもらえた。

信用してもらえた。

「ありがとう」

お母さんはルーズリーフを綺麗（きれい）に四つに畳（たた）む。

「まぁ、せっかく作ったんだし、これはもらっておくから」

「うん」

「優芽は、もう少し口で物を言えなきゃダメね。バイトでは接客できてるんでしょう？」

「バイトのときは、その……なんていうか、キャラ作ってる」

演じるためのスイッチを心の中で入れていることをそんな言葉で説明したら、お母さんはぷっと吹き出した。

それから学校のこととかアルバイトのこととか、少しだけおしゃべりして私はリビングを出た。説明資料の作成に使った一時間を挽回しないといけない。

電気の消えた廊下は暗く、ドアのガラス越しに漏れるリビングの明かりを受けて私の影が伸びた。

大人の影と変わらなかった。

ちょっと前まで、何も決められない中学生だった。今だって、まだまだ自分で決められないことも多いのに。

急に肩にのしかかってきた〝責任〟って言葉の重みに足がすくみそうになる。

自分で決めるのは難しい。

だけど、今の私は知っている。

自分で決めたことならがんばれる。

弾みをつけて階段を上った。響く足音は軽くて、このままどこにでも行けそうな、そんな心地にもなった。

♪♪♪


三日にわたる期末テストが終わると、クリスマス、冬休み、お正月とイベントが目白押し。

とはいえ、学校中の緊張が緩んだわけではなく、二年生は受験勉強の準備を本格的に始める時期で、三年生は入試本番直前。これから訪れるイベントを純粋に楽しみにできるのは一年生だけかもしれない。

昨日の今日でテストの採点はまだ終わっておらず、どこか浮ついた空気で五時間目までの授業は終了し、私は久しぶりにEバーガー京成千葉中央駅前店へと向かった。

今日のシフトは、源くんと入れ違い。私は午後六時にアップで、源くんは六時半から。

多分、楽屋で少し話せる。

店への道すがら、テスト期間中は考えないようにしていた源くんのことで頭がいっぱいになっていく。

ただお礼を伝えたいだけなのに、何がなんでも話そうって覚悟しただけでこんな状態。

告白なんて無理にもほどがある……。

とにもかくにも、まずは久しぶりのシフト。きちんと働かなければ。

楽屋に行くと誰もいなくて、制服に着替えてから掲示板に貼ってあるお知らせなどを順番に読んだ。もう来月、お正月の情報が貼られている。ハンバーガー引換券やコーヒーの回数券、オリジナルマグカップなどの入った福袋の販売もあるらしい。

クリスマスにもならないうちに、お正月のことを考えないといけないのか。

私は初詣が好きだ。人は多いけど、おみくじを引いたり、いつもより広いスペースにお賽銭を入れたりするのが、なんだか特別でおめでたい感じがする。

けど、今年は受験で塾へ行く途中に小さな近所の神社にお参りしただけだった。去年は家族で成田山に行ったんだっけ。

来年はどうだろう……。

時間になって、楽屋から店の方に出る。キッチンには青江さんがいて、「おはよう！」と声をかけられた。

「優芽ちゃん、クリスマスパーティ参加だったけど、門限は大丈夫？」

その質問には、すぐに「はい」って答えられた。

「ちゃんとお母さんに説明したら大丈夫でした。門限もなくなりました」

「そうなの？　よかったねー。ま、若いうちはたくさん遊んでなんぼだよ！」

若い頃はイケイケだったという噂の青江さんらしい言葉に笑いつつ、ふと目をやって気がついた。

フライに使うバスケットのフックが、全体的に低い位置に変わっている。

「あ、それこの間、店長が低くしたんだよ。優芽ちゃん、ケガしそうになったんでしょ？」

色んな人に面倒をかけてしまったようで、なんだか申し訳ない。

「なんかすみません」

「背が高い男連中はともかく、私も使いにくかったからむしろよかったよ」

「でも、源くんが火傷しちゃって……」

「あ、それも聞いた。拓真もやるじゃんってみんな話してたよ」

きょとんとした私に、青江さんが説明してくれる。

「優芽ちゃんかばったんでしょ？　名誉の負傷だって」

期末テスト前で休んでいる間に、そんな話になってたなんて。

恥ずかしいのもさることながら、源くんもそんな話にされるのは不本意なのでは……。

カウンターに出るとプレイヤーが二人、大学二年生の梨花さんと、見たことのない大学生くらいの女性だ。赤のセルフレームのメガネをかけていて、目が合うと女性はペコッと頭を下げてくれる。まだシールの揃っていない空っぽの名札が見えた。

お客さんが途切れたタイミングで、梨花さんがその女性を「最近入ったばかりの恵那さん。大学一年だって」と紹介してくれた。私も自己紹介して頭を下げる。

「私もうすぐアップなんだけど、このあとは優芽ちゃんが色々教えてあげてね」

梨花さんの言葉ににわかに緊張した。

以前、晴香さんという高校生の女の子がいた。シフトがかぶったときは私がトレーニングを担当していたけど、一ヵ月も経たず店を辞めてしまったのだ。

私の教え方が悪かったんじゃないかとヘコんでしまい、そのときも源くんに呆れられたんだった。

私が不安に思っているのを見て取ったのか、梨花さんがこんなことをつけ加えた。

「恵那さん、前はファミレスでバイトしてたんだって。だから接客もすごく慣れてるよ」

恵那さんは謙遜し、それから「よろしくお願いします」と年下の私にも丁寧に頭を下げてくれた。

こうして梨花さんとバトンタッチするようにカウンターの仕事に入った。恵那さんは基本的な接客はできるというので、とりあえずレジを任せて客席を一周、整理整頓や掃除を済ませた。

私が作ったPOPはまだレジカウンターに飾ってあって、萌夏さんが作った装飾と相まっていかにもクリスマスって感じになっている。

改めて眺めてちょっと満足してから、カウンターに戻ろうとしたときだった。

「――ちょっと！」

ふいに制服のシャツを引っぱられて足を止めた。

二人がけのテーブル席に一人で座っている四十代後半くらいのほっそりした女性だ。ターコイズブルーのセーターが目に鮮やかで、ぼってりした唇が印象的。

テーブルの上のトレーにはホットティーのカップがあり、プラスチック製の蓋が外され中はもう空になっている。

「この紅茶、量のわりにお砂糖少なくない？」

カップのサイズはLサイズ、本来ならお砂糖は二つつけることになっているけど、トレーには空になったスティックシュガーの袋が一つしかなかった。

「お砂糖、二つついていませんでしたか？」

「一つしかなかったわよ」

「申し訳ありませんでした！　でしたら、こちらのミスだと思います」

私が頭を下げると、「気をつけてくれればいいんだけどさー」と女性は赤い唇を尖らせた。

これ以上の文句はなさそうだけど、まだ何か言いたげな表情に見えた。

話が終わったなら、カウンターに戻った方がいいかもしれない。余計な会話をして、さらにトラブルになる可能性だってある。

けど、やはり気になった。

お母さんに口で物を言えと言われたばかりなのもあり、思い切って訊いてみる。

「あの……もしかして、ほかにも何かございますか？」

女性は訊き返されると思っていなかったのか、目を瞬いてから私を見た。

やっぱり余計なことだったかも。

すみません、と謝りかけると。

「アルバイトって、大変？」

まったく想定していなかった質問に再び目を瞬く。

答えに困っていると、女性は「なんていうか、」と少し遠慮するように続けた。

「Eバーガーのバイト！　その……興味あって。若い頃、飲食店で働いてたし、ここなら家から近くて。でも若い子ばっかりだし、体力必要そうだし……」

女性はしまいにはもごもごしてしまい、赤くした顔を俯かせてしまった。

……どう答えよう。

私はほかのアルバイトは知らないので比較はできないけど、大変かと問われたら、大変なんじゃないかとは思う。覚えることはそれなりにあるし、接客や調理にはそれぞれ別の大変さがある。

だけど。

「覚えることは、たくさんあります。でも、できることが増えたり、仲間が増えたりするの、私は楽しいです。学校とは違ってて面白いし」

改めてそんな風に口に出すと、ちょっと小っ恥ずかしい気がしないでもない。

と、気がついた。

いつの間にか、心の中の店員モードのスイッチがオフになっちゃってた。

……まぁでも、こういう質問のときくらい、いいのかな。

それから、私は一つだけ情報をつけ加えた。

「平日の昼間なら、主婦のバイトさんが多いですよ」

私の言葉に、その女性は照れたように笑った。

「教えてくれてありがとう。考えてみる」

女性に手をふられ、カウンターに戻ると恵那さんがこちらにやって来る。

「さっきのお客さん、レジで私が対応したんだけど、何かクレームでもあった？」

心配そうに訊かれ、砂糖のことを伝えておく。

「あー、ごめんなさい。うっかりしてた。Lサイズは二つなんだっけ？」

「お砂糖の数、最初はごっちゃになりますよね」

恵那さんはパンツのポケットからトレーニングノートを取り出し、素早くメモを取った。

「ずいぶん長く話してたけど、怒られちゃった感じ？」

申し訳なさそうな恵那さんに、「問題なかったです」と伝える。

「それどころか、仲間が増えるかも」

目をパチクリとさせた恵那さんに、私は笑って返しておいた。

そして午後五時前に青江さんのシフトもおしまいになり、入れ替わるように現れたのは隼人さんだった。

「おはよー」なんて柔らかい挨拶とともに現れる。

「おはようございます」

顔を合わせるのは、先月のデートにならなかったデート以来。

心の奥の方には気まずく思う気持ちもあったけど、多分、顔には出なかったと思う。

「優芽ちゃん、そういえば文理選択はもう決まった？」

隼人さんの方も、何もなかったかのような顔だ。

「はい。理系にしました」

「へー、理系か。すごいね」

すると、「理系なの？」と話に入ってきたのは恵那さんだ。

「二年生から理系クラスの予定です」

「そうなんだ！　私の学部、理系だよ」

恵那さんは人見知りしない性格なのか、さっきまで青江さんとも気さくに話をしていたし、隼人さんともすぐに打ち解けてしまった。先週からシフトに入っているようだし、店にはもうなじんでいるみたい。

変に気負って、余計な心配はしなくていいのかも。

ちょっと気楽になった。残りの時間もトレーニングしながらしっかり働き、私のシフトは終わった。


「お先に失礼します」って挨拶して、私は楽屋に戻った。

もう源くん来てるかな、と考えるなり心臓が音を立て始めたものの、楽屋には誰もいなくて肩透(かたす)かしを喰らう。

……ヤバい、緊張してきた。

人のいない楽屋は寒く感じられ、ハンガーラックにかけていた衣装(いしょう)カバーを取り出し、着替えスペースに持っていってそそくさと着替える。

お礼を言うだけだし。

何度もそう自分に言い聞かせ、学校の制服に着替え終えて衣装カバーを片づけ、椅子に座って数分も経たなかった。

楽屋のドアが音を立てて開き、思いっ切りビクついた。

「……お、おはよう」

早速噛んじゃったけど、挨拶くらいはできた自分にひとまずホッとする。

現れた源くんは、制服のブレザーの上に襟のある黒っぽいコートを着ていた。

「おはよう」

挙動不審な私に不思議そうな目を向けつつも、なんでもない顔で学生鞄を下ろして脱いだコートを畳んでいる。

学校で遠目に見かけることはあったけど、こんなに近くで、しかも話すのは二週間以上ぶり。

早鐘のように打ち始めた心臓を深呼吸してなんとかなだめ、私は勢いよく立ち上がった。

座っていたパイプ椅子がガタガタと音を立て、今度は源くんがビクついた。

「何?」

一歩前に出て、両手を握りしめて源くんの前に立つ。

「あの……」

切れ長の目をわずかに丸くして私を見下ろし、源くんは私を待っていてくれていた。

静かに深呼吸して、声を出す。

「こ、この間！　先月の！　火傷……」

そして、お礼を言おうと思ってたのに。

「ごめん。本当にごめん」

勢い余って、また謝ってしまった。

すると源くんは、袖をまくって腕を見せてくる。

「もう治ったし」

腕には確かに絆創膏など何もなかった。でもうっすらと残る赤い痕が見えて、ついまた「ごめん……」と謝ってしまう。

「だから、もう治ったって。何度も謝られるとうっとうしい」

「でも、痕残ってるよ」

「こんなのすぐ消える」

「でも……」

源くんはまくった袖を元に戻し、私の顔を見るなり苦笑した。

「治ったっつってんのに、なんで泣いてんの？」

いつの間にか目頭が熱くなってて、視界が揺らめきかけている。慌てて手の甲で拭ったけど、源くんはため息をついた。

「……ごめん」

「だから、謝るなっての。そもそも、守崎の顔とかに痕が残るより全然マシだろ。火傷しなくてラッキーだったくらいに思っとけよ」

口調は雑でぞんざいなのに。

こんなことを言われて胸も目頭も熱くなっちゃって、涙を我慢する方が無理。

できればぐずぐず泣くのはやめたかった。けどこういうのって、やめようと思ってやめられるものでもなくて、少し俯いて目元を指先で拭う。

お礼を言うはずが、本当にもうサイアク――

ふいに頭のてっぺんが重たくなって、温かくなった。

目を上げると、源くんの手が私の頭の上に乗っている。

え、と思った直後、片手で髪をくしゃくしゃにされた。

「守崎って、意外とすぐ泣くよな」

なんだか愉快そうにそんなことを言いながらまだくしゃくしゃやってて、伝わってくる熱に顔がみるみるうちに赤くなるのを感じつつその手から逃れた。

「だって……」

　すっかりボサボサにされてしまった髪を、心臓がこれでもかと鳴るのを聞きながら手ぐしで直す。

　でも、こんな風にごまかされたくない。

　正面からその顔を見つめた。

「ラッキーなんて思えるわけないじゃん！」

「ムキになんなよ。気にすんなって言ってるだけだろ」

「気になるよ！」

　私は真剣なのに軽くいなされてるみたいで、胸の奥の熱が凝縮されていく。

　伝えたい気持ちほど、もどかしいまでにうまく言葉になってくれない。

「なんで？」

　けど、源くんは面倒そうに訊いてくるだけ。

　段々と、腹が立ったときみたいにカッカとしてきて。

　考えるよりも先に、言葉が飛び出た。

「自分のせいで……自分のせいで好きな人が火傷しちゃったのに！　気にならないわけないじゃん！」

叫ぶようにそんなことを口にしちゃってから、楽屋に響いた自分の声にハッとする。

……今、私、何言った？

頭からすぅっと血の気が引いた。顔を上げていられず俯く。源くんの顔はとてもじゃないけど見られず、でも困惑してるのは空気でわかる。

じり、とそのまま一歩下がって、くるっと源くんに背を向けて自分の荷物を引っ摑んだ。そのまま楽屋を出ようとしたそのとき。

「――守崎、」

名前を呼ばれてふり返り、でもその顔を直視する前に目を逸らす。

それから、今日言おうと決めていたことだけは口にした。

「ありがとう！」

「は？」

「ごめん……じゃなくて、その……この間のこと、本当は、お礼言いたかったの！　転んだとき、助けてくれて、ありがとう！」

ペコッと頭を下げて、あとはもう源くんの反応は見ずに楽屋を飛び出しドアを閉めた。

駆けるように裏口から店を出て、コートも鞄も両腕で抱えたまま駆け、京成千葉中央駅前のスクランブル交差点のところまで来てようやく足を止める。

外はもう日が沈んでいて、駅前のロータリーはイルミネーションでピンク色のライトがチカチカしていた。変な汗をかいていて身体が急にぶるっとし、いそいそとコートを着て、しばらくそのまま動けずにいたけど。

……帰らなきゃ。

門限はなくなったけど、無駄に帰りが遅くなってもいいってわけじゃないことくらい理解してる。私はJR千葉駅への道を歩きだした。

平日のアルバイト帰りのこの時間だと、今の季節は日が沈んでいて街はもうすっかり夜。とはいえ人通りは少なくないし、街灯で明るい。それでもいまだに夜の街には少し身がまえちゃって、前に出す足は自然と早歩きになっていく。

そういえば、夏休みに隼人さんの舞台を観に行った帰りのこと。

にぎやかな夜の街を歩くのに慣れてなくて、源くんに駅まで一緒に帰っていいかって訊いたことがあった。

口ではごちゃごちゃ言いながらも、源くんは一緒に帰ってくれたっけ……。

源くんのことを思い出した瞬間、機械的に動かしていた足が止まってしまう。

……何も聞いてない、なんてことにしてくれないかな。

その場にしゃがみ込んで、あーって大声を上げて破裂せんばかりの気持ちを発散しちゃいたい。けどそんなこと、こんな街中じゃできるわけないし。
千葉駅へ向かう足を、さらに速めることしかできなかった。

6. これからも、よろしくお願いします！

「――じゃ、文化祭、お疲れさまってことで」

乾杯！　とグラスを掲げたのは、同じクラスの千里さん。深田さんと一緒にこの会を取りまとめてくれた、今日の幹事だ。

「文化祭っていつの話だよ」

誰かがそんな風に突っ込んだけど、すぐにみんなジュースのグラスで乾杯する。

海浜幕張駅近くのホテルのラウンジ。そこのケーキバイキングに、クラスの男女八人で来ていた。千里さんはクラスの文化祭実行委員で、ほかのメンバーは係でクラスの出しものに積極的に関わっていたメンバーだ。

クラス全員での打ち上げ自体は文化祭が終わってすぐに行われていたけど、中心メンバーだけで何かしたいねと千里さんが常々言っていて、期末テストも終わってようやく実現したというわけである。

帰宅部だからと半ば強制的に文化祭の係にさせられてしまったけど、今では本当にやってよかったと思えてる。文化祭の準備のおかげで、色んなクラスメイトとも接点ができて話せるようになったし。

それに、こんな風に男女交えたグループでケーキバイキングに行くとか、すごく高校生っぽい、なんて。

十二月も期末テストが終わると時の流れは速く、週が明ければ半日授業があと二日、そして終業式で二学期もおしまい。一学期は時間が過ぎるのが遅(おそ)くてしょうがなかったのに、夏休みからここまではあっという間だった気がする。

ジュースで乾杯はしたものの、あとは適当におしゃべりしたり、お皿が空になったら各自ケーキを取りに行ったりと自由な空気になった。一皿目のケーキを平らげた私と深田さんは、早々にお代わりを調達しに行く。

「ピスタチオケーキっておいしいのかな?」

薄緑色のケーキを指差して私が訊くと、「食べたことあるよ」と深田さん。

「どんな味かって訊かれると説明が難しいけど」

「ピスタチオって、うちのお父さんがおつまみで食べてるイメージしかなかったよ」

全種類制覇は難しそうなくらいにケーキの種類は豊富。クリスマス間近ということもあり、サンタやトナカイ、ツリーなどのアイシングクッキーもあって、目移りしまくり。

「バイトの人たちと、忘年会とかクリスマスパーティとかはないの？」

ケーキを取りつつ、深田さんが訊いてくる。

「実は、明日の夜」

この土日は忙しい。今日の日中はケーキバイキングで、明日の昼間はアルバイト、そして夜はクリスマスパーティなのだ。

「へー。なんか楽しそうだね」

「私、カラオケボックスに行くのが初めてでドキドキしてる」

「あ、お母さん、許してくれたんだ」

そういえば、一学期の終業式の日、深田さんたちにカラオケに誘われたけど、お母さんに許してもらえていないのを理由に断ったんだった。

門限がなくなったことを深田さんに話す。

「カラオケも、ちゃんと説明したらいいって言ってくれるかも」

「そしたら、今度みんなで一緒に行こうよ」

「うん。……あ、でも音楽詳しくないし、童謡しか歌えないかも」

わりと本気だったのに、冗談だと思ったのか深田さんは笑った。

各々ケーキでお皿をいっぱいにして席に戻ろうかというところで、深田さんにこそっと訊かれる。

「優芽ちゃん、拓真くんに告ったりしないの？」

不意打ちの質問にギョッとして、危うくケーキを落としかける。

「と、突然何を？」

「ずっと思ってたんだよね。私も告ったし、次は優芽ちゃんどう？」

「そんな、掃除当番回すような感じで……」

でも深田さんがそんなことを訊いてくれたおかげで、ここ最近、誰にも言えずずっと一人で胸に溜め込んでいたものを話すきっかけができた。

「実は……」

先週、うっかり源くんに好きっぽいことを言ってしまったと話すと、深田さんは途端に目を輝かせる。

「そういうことはもっと早く教えてよ！」

「気持ち的にそれどころじゃなくて……」

源くんとはもともと気さくにメッセをするような仲じゃないし、あのあともメッセで何かを言ってくることもなかった。そして、学校ではクラスが違うし、自分から会おうとしなければ会うことはほとんどない。

アルバイトでは一度だけシフトがかぶったけど、楽屋で一緒になることはなく、勤務中もカウンターとキッチンに仕事が分かれていたので、事務的な会話を二、三交わして終了した。

私は内心ガチガチだったけど、源くんは拍子抜けするくらいいつもどおりの飄々とした感じだった。

「私が言ったことなんて、何も気にしてないのかも」

こっちは毎日気が気じゃないっていうのに。

深田さんは少し考える顔になってから、「でもさー」と言う。

「流れで好きって言っちゃったような感じなんでしょ？　向こうとしても、反応に困ってるのかもよ？」

「そうなのかな？」

「拓真くんって、あんまりそういうの顔に出ない気がする」

あぁ、それは確かに。

動揺してる姿を見たことってないかも。

私とは正反対、あまり感情の起伏が表に出ない人な気がする。

「明日のバイトのクリスマスパーティには、拓真くんも来るの？」

「多分」

萌夏さんのお別れ会を兼ねていることもあり、幹事の青江さんが「かなりの出席率！」と話していた。

「いーじゃん、クリスマスの勢いに乗って再トライしたら？」

「また勢い余るのはちょっと……」

「うまくいったら教えてね！」

私を肘で小突くと、深田さんは足取り軽く席に戻っていく。

深田さんは、源くんのこと、本当にすっぱり諦められたんだろうか。

中学時代からずっと好きだったって聞いてる。本当はまだ、心の奥では好きなんじゃないだろうか。

けど、もう諦めるって決めたから、私にもこんな話をちょいちょいふってくるのかも。

深田さんが「諦めた」って言うなら、そんなことは絶対に訊けないけど。

テーブルの方から「優芽ちゃん！」って深田さんに呼ばれ、ぼうっとしていた私は歩きだした。

席に戻りながら、源くんのことを考える。

うっかり口を滑らせて、やってしまったって頭を抱えた私が九割だけど、残り一割の私はちょっと違う感情も持ってた。

深田さんみたいに、改めて呼び出して告白とか私には難しいし、うっかり告っちゃってある意味ラッキーだったんじゃない？　みたいな。

本当にどうしようもない。

勢い余ってでもいい、少しでも関係が進展するなら、変化するなら、って密かに期待しちゃってた。

まぁ結局、そんな都合のいい展開なんてないんだけど。

悔しいくらいに源くんからの反応はなく、そんな棚からぼた餅みたいな一割の期待なんてするだけ無駄だった。そんなズルみたいなの、やっぱりダメだよね、とは自分でも思うし。

ちゃんとがんばって伝えないと伝わらない。そんなことを改めて思い知る。

「深田さんの徳を分けてもらいたい」

席に戻るなりそんなことを口にすると、深田さんは私にピスタチオケーキをくれた。

♪♪♪


そうして翌日、クリスマスパーティ当日になった。

いつもの土日のシフトのときと同じ、午前十時半からのシフトなので、朝食を食べたら早々に出かける準備をする。

「あんまり遅くなりすぎないように帰りなさいね」

家を出る間際、お母さんに声をかけられて頷いた。

「千葉駅を出る頃にメッセ送るよ」

行ってきます、と家を出ると、空は雲一つない晴天。自転車に乗って最寄りのＪＲ都賀駅へと向かう。

お日さまが出ているところは暖かく感じるけど、頬に当たる風は刺すように冷たく、マフラーに顔を埋めてペダルを漕いだ。

自転車を駐輪場に停めて電車に乗り、十分もかからず千葉駅に到着する。電車内の広告も街の装飾も、数日後に控えたクリスマス一色。

結局、クリスマスイブも当日も特別な予定のないまま今日に至る。

イブの日は終業式ということもあり、用事がなければ学校帰りにどこかに寄ろうと深田さんに誘われてる。そして、クリスマス当日はアルバイト。

高校生になったからって特別な予定ができるわけもなし、まぁそんなものだよね。

お店に到着すると、「おはようダヨ」とガルシアさんが裏口のドアを開けてくれた。

「おはようございます。ガルシアさん、今日のパーティは行きます？」

「もちろん。パーティ好きネ」

今日の夜は、新巻店長のほかは他店のプレイヤーにヘルプに入ってもらって店を回すらしい。今回の萌夏さんは例外だけど、学校の卒業と同時に店を卒業するプレイヤーが多い三月にもお別れ会をするのが恒例で、その日は近隣の店でヘルプし合うのだという。

クリスマス前の最後の日曜日ということもあり、街には人が多く、近くの映画館も大混雑。午前十一時過ぎからレジカウンターには列ができるようになった。その分働くプレイヤーの数もいつもより多く、店全体がにぎやかだ。

キッチンでは隼人さんがオーダーの入ったバーガー類を作りながら、ストッカーに指示を出していた。

「ミート三トレー、ポーク九、ナゲットは一袋分よろしくー。ホワイトシチューもマックスの十二で……」

客席の方では、少し前に接客マスターのさらに上、MCという接客エキスパートの称号をゲットした梨花さんがお客さんの列を整理したりと忙しく立ち回る。

「お待たせして大変申し訳ありません！　列は二列でお願いします！　――あ、トレーお預かりします、ありがとうございます！　またのご来場お待ちしております！」

そんな列の先、カウンターエリアではPOSマシン二台を開けてフル稼働。修吾さんがそれを裏でサポートし、商品を受け渡しカウンターに揃えていく。

「131番のお持ち帰りのキッズセット三つとイーサンバーガーのセット。135番のイートインドリンクはこっち。――キッチン、アップルパイラス1！　あと優芽ちゃん、ラージポテトもう一つ！」

そして私はというと、今日は昼前からずっとポテトエリアにはりついている。ポテトエリアはカウンターとキッチンのちょうどまん中辺りにある。

キッチンのフライエリアにお邪魔して冷凍のポテトを大きめのバスケットに入れ、高温の油で満たされたフライヤーに投入してタイマーをセット。

揚がったポテトはバット代わりのスペースに出し、適量の塩をディスペンサーでまんべんなくふって、スクープっていうスコップみたいな道具で紙のパックに詰めていく。

「優芽ちゃん、次ファミリーのお客さまが控えてるから二バスケット分ストックしといて」

修吾さんから指示が飛んできて、私はポテトのバスケット二つをフライヤーに投入した。

ポテトが揚がるまでの間にも、次々とオーダーが入ってくる。ディスプレイを見ながら、S、M、Lそれぞれのサイズのポテトを用意した。

ポテトを紙パックに詰めるときは、スクープを斜めにし、軽く揺すりながら落とすと綺麗に縦に並ぶ。ポテトが斜めだったり横になったりしてしまうと、空洞ができて規定のグラム数に達しないこともあるのでやり直し。今ではほぼ一発で綺麗に詰められるようになったのも、何回も練習したおかげだ。

午後一時を回っても客足は衰えない。そうこうしている間に一時半になり、私は休憩に出された。別のプレイヤーにポテトエリアをバトンタッチし、忙しない空気からつかの間離れてホッとひと息つく。

楽屋に行くと、「おはよー」と声をかけてくれたのはあいかわらず派手な私服姿の青江さんだった。赤白緑とイタリア国旗みたいな色のボーダーのセーターを着ている。パーティの幹事ではあるけど、今日はシフトに入っていなかったはず。

「色紙、取りに来たんだよ」

そういえば、そんな話になってたんだった。

私はバッグの中から預かっていた色紙を取り出して青江さんに渡す。

「あらかわいい！」

萌夏さんへのメッセージを書き込む色紙は、楽屋で密かに回覧されていた。その最後の仕上げとして、空いたスペースにEバーガーのマスコットキャラクターなどを私が描き込んできたのだ。

「店長も見て見て！」

青江さんは楽屋の奥でパソコン作業をしていた新巻店長に私の色紙を見せに行く。

新巻店長が着任してすぐの頃はあれこれ愚痴の絶えなかった青江さんだけど、今ではこんな調子で険悪さはなくなった。細かい、神経質、なんて文句はたまに聞こえるけど、基本的には新巻店長のやり方を認めたってことなんだろう。

新巻店長はキーボードから手を離して色紙を受け取ると、メガネの奥の目を細めてまじまじと眺めた。あいかわらず、クールな様子で表情の変化に乏しい。

「……よくできてますね」

新巻店長はそれだけ言って、青江さんに色紙を返した。青江さんはさも不満げに、そんな新巻店長に唇を尖らせた。

「店長って、言葉が足りなくて女子にフラれるタイプでしょ？」

「なんの話ですか」

「何って、店長がモテるかどうかの話でしょうが」

新巻店長も青江さんには敵わないのか、たじたじって感じでちょっと笑ってしまう。

と、そんな私を見て、「そうだ」と新巻店長は何かを思い出した顔になった。

「守崎さんに見せたいものがあったんです」

新巻店長は何かを印刷すると、その紙を私に差し出した。

「差し上げます。カスタマーセンターに届いたメールです」

カスタマーセンター、という言葉にドキリとした。電話やメールで、クレームなどをお客さまから直接伺っている本部の部署だ。

本部に行くようなクレームでも受けたんだろうかとハラハラしつつも、そのメールを読んだ。

『先日、京成千葉中央駅前店を利用させてもらった者です。

店でピアスを落としてしまったようだと女性の店員さんに話したところ、とても丁寧に、時間をかけて探してくれてとても感動しました。ピアスも無事に見つかり、大事なものだったのでとても感謝しています。

探してくださった店員さんの名前はわからないのですが、お礼を伝えたくてメールをしました。本当にありがとうございました！』

込み上げた色んな感情で胸が震え、熱くなって呼吸すらままならない。

あのときのお客さんだ……。

「見てもいい？」と青江さんに訊かれ、私は何も言えずに紙を渡した。

すると、新巻店長が、わずかに表情を柔らかくして口を開いた。

「いつも丁寧に接客してくださって、ありがとうございます」

そして、私に何かを差し出してくる。

指先ほどのサイズの、四角いシール。

仕事ができるようになったら名札に貼る、森のオーケストラのシールだ。リスの柄。

「あの……アンドレアは、もう持ってます」

リスのアンドレアは、接客ビギナーのシール。私の名札にはもう貼ってある。

「これはアンドレアじゃなくて、マイクです」

ハッとしてシールを受け取り、改めて見直した。

確かに、毛の色が少し明るい。アンドレアのお兄さん、マイクだ。

マイクのシールは、接客マスター。

接客マスターの教材での勉強は終えていて、あとは店長のチェックを残すのみだった。

「諏訪くんから、守崎さんはシールを集めてるって聞いていました。コンプリート、おめでとうございます」

あまりに突然のことで私が呆然としていると、青江さんが私の手からシールを取って、名札の空いていたスペースに綺麗に貼ってくれた。

最初は、ウサギのアリサの一匹ぽっちだったのに。

できることが増えて、たくさんの仲間ができて、今じゃ立派なオーケストラ。

この五ヵ月の間にあったあれこれが走馬灯のように蘇って思いがけず目頭が熱くなり、うっかり小さく洟をすすってしまう。

「やだ、優芽ちゃん泣いてんの？」

「……大丈夫、です」

さすがにここで泣くのは恥ずかしい。

あふれかけたものは呑み込んで、新巻店長に頭を下げた。

「ありがとうございます」

「今後もがんばってくださいね」

その言葉に、「はい！」と大きく頷いた。

「これからも、よろしくお願いします！」

♪♪♪


一時間休憩したのち、午後五時まで働いて今日のシフトはおしまいになった。

楽屋で少しゆっくりして、同じ時間にアップしたガルシアさん、梨花さんと一緒にパーティ会場になっている近くのカラオケボックスへ移動する。

店を出ると外はもうまっ暗。イルミネーションで街はいつもよりキラキラしていてカラフルだ。

「私、日本のカラオケ初めてダヨ」

ウキウキしているガルシアさんに、「私も！」って同意した。

「私も初めてなんで楽しみですー」

「ガルシアさんはともかく、優芽ちゃんはなんで？」

梨花さんにうちのお母さんのことを話しているうちに、あっという間にお店に到着する。

予想していたよりずっと綺麗な建物で、地下のパーティスペースは広々空間。壁際に沿ってU字形の黒いソファがあり、テーブルと丸椅子、そして入口近くに大きなディスプレイのカラオケマシンと、段になった小さなステージがある。

「いらっしゃーい」

奥の席で青江さんが手をふり、そばには萌夏さんもいた。一方、入口近くのテーブルでは、先にアップしていた隼人さんが受付係をやっている。

「お会計は先にお願いしまーす」

開始時刻が近くなり、徐々(じょじょ)に人が増えてきた。お店の制服ではなく、私服姿でこうやってみんなが揃うのは特別感があって、ますます楽しみになってくる。

早めに到着した私は青江さんや萌夏さんの近くに座(すわ)った。奥から詰めて座るように隼人さんが声をかけている。

そして午後六時の開始直前、源くんが現れた。

暖かそうな黒っぽいダウンジャケットを着ている。道中で会ったのか、ギリギリまでお店で働いていた修吾さんと一緒だ。

チラと目が合った――のは、気のせいかもしれない。

受付係の隼人さんが「揃いましたー」と青江さんに声をかけ、定刻どおりに会はスタートした。

大皿のサラダや揚げもの、枝豆などの料理と、ピッチャーの飲みものが運ばれてくる。

青江さんがマイクを手に前方のステージに出て、三時間制で飲み放題、トイレはあっち、などと説明をする。

「未成年が多いから、新巻店長の指示で一次会はノンアルコールです。大人は二次会で浴びるように飲みましょー」

　隣に座っていた萌夏さんが、それを聞いてこそっと教えてくれた。

「毎年二次会、大変らしいよ。電車がなくなるまで飲んで、青江さんとオールだって」

「オールって、オールナイト？」

「そうそう。徹夜で飲むの」

　私たちの会話を聞いて、梨花さんも口を挟んでくる。

「去年は屍だらけになって、最後は修吾さんと青江さんの一騎打ちになったって」

　不穏な単語だらけのそんな話に背筋が凍った。大人の世界はおっかない。

　ピッチャーからグラスにオレンジジュースを注いでもらい、グラスが行き渡ったところでマイクを握ったままの青江さんが乾杯の音頭を取った。

「それではみなさん、今年一年、本当におつかれさまでした！　そして、」

　と青江さんは萌夏さんにグラスを向ける。

「萌夏の新しい門出を祝って、乾杯！」

　乾杯！　という声が重なってグラスがぶつかる音がし、それから個室は拍手でいっぱいになった。

乾杯から間もなく、青江さんは再びマイクを掴む。

「はい、こういうのは早めにやっておきます。——みなさんご存じだと思いますが、来年の春から、香坂萌夏さんがEバーガーの社員になることになりました！」

わーっとみんなに拍手され、萌夏さんは持っていたグラスをテーブルに置いてペコッと頭を下げた。

「寂しくなりますが、うちの店も今月末で卒業です。——萌夏、最後のＩＮはいつだっけ？」

「大晦日の終演作業」

「あら大変！　そんなわけで、最後の最後までたくさん働いてくれる萌夏に、ひと言もらおうと思います」

再びの拍手の中でマイクが回され、萌夏さんは照れたような顔になりつつその場で立った。

「えっと、その……お世話になりました」

再び頭を下げ、萌夏さんは顔を上げた。

「みんな知ってると思うけど、あたし、高校中退して中卒だしバイトくらいしかできなくて、今後の人生どうしたもんかとマジで思ってたんだけど……正社員でこうやってちゃんと就職できるとか、自分でも予想外で」

それから、萌夏さんはみんなを見回した。

「あたし、飽(あ)きっぽいんだよね。だから、こんなに一つのお店で長く働けたっていうの、それだけですごいことだったと思うし、それってやっぱ、みんなが仲よくしてくれたからだと思うし。ホント、ありがとうございました」

深々と頭を下げた萌夏さんに、青江さんに促(うなが)された私は色紙を渡した。

「これ、みんなからです」

「……超(ちょう)かわいい！　ありがとう！」

目を赤くしてお礼を言った萌夏さんに、青江さんがニッと笑(え)んだ。

「あと、花束のプレゼントもあります！」

タイミングよくドアが開いた。

カラオケ店の人が花束でも持ってきてくれるのかと思ったら。

「……諏訪店長!?」

萌夏さんが素(す)っ頓狂(とんきょう)な声を上げた。

大きな花束を抱え、ぺこぺこ頭を下げながら中に入ってきたのは諏訪店長だ。

青江さんはにんまりしているが、私を含(ふく)めほかの面々も知らされていなかったのか、ポカンとした間(ま)ののちにわっと場が盛り上がる。

諏訪店長は、以前コンビニで会ったときと同じく髪(かみ)は固めておらずラフな感じで、襟(えり)つきシャツにジーパン、黒っぽいコートという格好だ。

「すみません……私がここに来る資格なんてないってわかってるんですが、青江さんにどうしてもって言われて」

諏訪店長は恐縮したようにそんなことを言い、萌夏さんの前まで花束を運んでいった。

すると、「当たり前でしょ」と青江さんが呆れた口調でそれに返す。

「萌夏のこと社員に推薦したの、諏訪店長なんだから」

「もう店長じゃないけどね」

諏訪店長はそして、萌夏さんに大きな花束を差し出した。

「就職、おめでとうございます」

そう、諏訪店長がにこっとした瞬間。

萌夏さんの両目から、涙がぶわっとあふれた。

「もう……ビビるじゃないっすか！　心配してたんですよ！」

「ごめんね。来年には仕事に戻る予定だし、もう大丈夫だから」

泣きながら怒っている萌夏さんに、諏訪店長は花束を渡した。

萌夏さんは花束を受け取り手の甲で涙を拭って、姿勢を正して諏訪店長に向き直る。

「……本当に、お世話になりました！」

萌夏さんがそう頭を下げると、誰からともなく拍手が起こった。

諏訪店長はすぐに帰るそうで、花束を抱えたままの萌夏さんと廊下で話をしていた。

一方、部屋の方は歓談タイム。青江さんいわく、「しばらくは好きに食べて飲んじゃって！」とのこと。あと一時間くらい経ったら、毎年恒例のビンゴをやるらしい。新巻店長が景品を用意してくれたそう。

「景品って、Ｅバーガーのクーポンとか無料券じゃないの？」

梨花さんの言葉に、青江さんは「どうだろね？」と答えを濁した。

高校生や大学生に、普段はあまりシフトがかぶらない主婦の人たちと、会場には二十人以上が集まっている。自然とおしゃべりの輪はテーブルごとにできていて、源くんの方を時々意識するも、距離がありすぎる。

この調子じゃ、個人的に話をするタイミングなんてそうそうないかも。

あんな風に、私がうっかり口にした言葉も、時間とともに忘れ去られていきそう。どうせうっかりだし、源くんにしてみれば触れないでいた方が都合がいいのは目に見えてるし。

内心ちょっとヘコみつつ、鶏の唐揚げをお皿に取った。カラオケボックスの料理ってどんなものだろうと思っていたら、予想外においしい。

それに、カラオケでパーティなんて、何を歌ったらいいのかわからないって内心心配だったけど、カラオケマシンは今のところはまったく活躍の場がない。

壁に貼ってあるお店のポスターを見ると「カラオケレストラン」との文字があり、私の頭の中にあったカラオケボックスのイメージは完全に覆った。ここはカラオケもできるパーティスペースということらしい。見ると、楽器の練習や会議にも使えます、といった説明まである。

お母さんがカラオケやゲームセンターを毛嫌いしていてこれまで近づくことすらなかったけど、来てみてよかった。ここなら料理もおいしいし施設も綺麗だし、お母さんも平気そう。

少しして萌夏さんが戻ってきて、花束を部屋のすみっこに置いた。

「諏訪店長、帰った?」と青江さんに訊かれ、萌夏さんは頷く。

「元気そうでホッとした」

萌夏さんは見た目は少し派手だけど、実際は優しくて繊細な人だ。お世話になったみたいだし、諏訪店長のこともきっとすごく心配してたんだろう。

「萌夏は倒れたりしないように働きなよ」

「うん、諏訪店長にも言われた。最初は大変かもしれないけど、ぼちぼちがんばるよ」

時給で働くアルバイトと、社員は違う。今はまだ進学する大学すら絞り切れてないし、就職なんてまったく想像ができない。

けど、今ここで見聞きした話とか出会った人たちのことは、何年か経って就職を考える頃になったとき、覚えていられたらいいなと思った。

地下の個室には窓がなく、暖房も入っているので段々と暑くなってきた。私はお手洗いついでに少し涼もうと席を立つ。

防音の扉を閉めると、途端に喧噪が遠退いた。とはいえ近くの個室から漏れてくる誰かの歌声が聞こえていたりと、どこにいてもにぎやか。暖房が効いていないのか廊下は寒く、火照っていた身体にはちょうどいい。

トイレには爪楊枝やうがい薬まで置いてあってその気配りに感動し、カラオケボックスすごい、などと感心しつつ廊下に出ると。

「……遅い」

そんな風にぼやかれて固まった。

近くの廊下の壁にもたれて立っているのは、源くんだった。

私の姿を認めると、源くんは切れ長の目でこちらを見てから、もたれていた身体を起こして私の前に立った。

立った、というか立ち塞がった、の方が正しいかもしれない。女子トイレは廊下の奥にあり、みんなのいる部屋に戻るには源くんの脇を通らないといけない。

「どんだけ時間かかるんだよ」

ボソッとそんなことを言われてギョッとした。

「それはその、トイレに色々あってすごいなって……っていうか、私が出てくるの、もしかして待ってたの？」

返事がないのが答えになって、たちまち赤くなった。

私が黙ってしまうと、源くんはなんだか改まった顔になって口を開く。

「この間のこと、ちゃんと話したいんだけど」

「この間……？」

ドクドクと体中の血管が強く鳴り始める。心臓が痛い。

「テスト終わってすぐ、楽屋で」

それだけで十分だった。

すっと頭から血が下がった。けど下がった血はすぐに熱くなり、頭のてっぺんまで駆け巡ってく。

無理。

「あ……あれは、忘れてくれていいから！」

これ以上直視なんてできなくて、源くんの脇を駆け抜け――ようとしたけど、通り過ぎざまに手首を摑まれてつんのめる。

摑まれた手首を見て、伝わってくる体温を感じて、喉の奥から悲鳴が漏れかけた。よろけて摑まれていない方の手を壁につき、源くんから一歩距離を取る。

けど、退路はないし、そもそも手首も摑まれたまま。

そしてそんな源くんはというと、わずかに顔を赤くし、私が知っている中でも過去最高に怒った顔をしていた。

「ムカつく」

真正面からそんなことを言われて縮み上がる。

「守崎って、いつもこうだよな。自信なくて一人でうじうじしてばっかで、すぐ勝手に決めつけて、私なんてダメだって顔すんだよ。そういうの、マジでムカつく」

思い当たる節がありまくり、全力ド直球のダメ出しに反論なんてできるわけない。

そんなヤツに好きみたいなことを言われて、迷惑だったたってこと……？

まさかの二人きりの状況で真正面からこんなダメ出しを喰らって、ショックのあまり涙すら出ず、せめてものつもりで「申し訳ありません……」と謝った。

だけど。

「なのに、気になった」

ポツッと続けられたその言葉に、そっと目を上げる。

源くんの顔はまだ少し赤かったけど、でも怒ってるのとはちょっと違う感じだって気がついた。

「すぐに自信ない、できないって顔するくせに、それでもなんだかんだ言って、やることはやってきて、努力……みたいなのもしてて、たまによくわかんないがんばり方もしてるけど。あ、あとうちの妹のこととか、変にお節介だったり。そういうのはなんていうか、面白いって思った」

手首を掴んでいた手が緩み、圧迫感が消えた直後、手のひらを握り直されて身体が跳ねるほどドキリとした。

「だから、忘れたくないんだけど」

……こんなに一人でしゃべってる源くん、初めてかも。

握られた手の温もりにどうしようもなくドキドキしている一方、いまいち理解が追いつかなくて、私の目は他人事のように源くんを観察してしまう。

それくらい反応が鈍い私に、源くんはまた苛ついた顔になる。

「あー、もう、なんとか言えよっ！」

「ご、ごめん。なんかよく、わかんなくて……」

「守崎って、俺のこと好きなの？」

直球にもほどがある。

投げつけられたその言葉に、息が止まって死にかけた。

「この間のあれ、そういう意味？」

手をぎゅっと握られ、一歩詰め寄られて後ずさると背中が壁にぶつかった。

棚ぼたどころか、うっかりが転じてこの状況。

心身ともに逃げ場なんてない。

もうどうしようもなくて、震えそうになりながら口を開く。

「その……」

「その、何？」

「最初は、怖いと思ってた」

私を壁に追い詰めていることに気づいたのか、源くんは少し気まずそうな顔になって一歩下がった。

「塩対応だし、素っ気ないし、愛想ないし」

「愛想なくて悪かったな」

「でも……本当は優しいのも、今は知ってる」

源くんの目とかち合って。

一つ、静かに深呼吸した。

「好き、だよ」

とても自分の口から出た言葉とは思えなくて、両手で顔を覆(おお)っちゃいたくなった。

けど片手は源くんに握られたままで、仕方ないので俯(うつむ)いて自分の足元を見つめる。

源くんが好きだ。

諦めたくても無理なくらい、考えないなんてできないくらい、好き。

ずっと秘めていた想(おも)いが外に出た反動か、身体の力が抜けて言葉がするする口から出てく。

「……好き。ずっと好きだった」

今ならいくらでも言える気がして、最後にもう一度だけ、顔を上げて言った。

「好きだし！」

直視した源くんの顔を見てハッとする。

その顔は、わかりやすいくらいにまっ赤になってて。

……好きって言いすぎた。

自分がしたことを認識(にんしき)するやいなや、体中が熱くなりすぎて力が入らなくなってくる。

もう泣きたい。

どうせ告白するなら、もっとスマートにしたかった。

いたたまれなくなって握られた手をふり解（ほど）こうとしたけど、離すまいとするように強く摑まれて顔を上げる。

「もう勘弁（かんべん）してください……」

「俺も」

泣きたい気持ちのままその目を見返すと、源くんはくり返した。

「俺も好きだ」

けど、その言葉はまったく理解できない。

だって。

「さっき、すっごいダメ出ししてたくせにっ！」

「それは……っつーか、そのあとの話聞いてなかったのかよ！」

「源くんが私なんか好きなわけないし！」

そんな私の言葉に、再びの怒（いか）りオーラが発せられた。

「お前、どうしたらそんなネガティブになれんだよ！　ふざけんなっ！」

「生まれつきだし……って、源くん？」

握った手をぐいと引かれてつんのめった。

けど、源くんは私の手を引いて、そのまま大股でずんずんと歩いてく。

「どこ行くの？」

けど私には答えず、源くんはみんなが待ってる部屋のドアを勢いよく開け放った。

部屋の中はいつの間にか薄暗い照明になりミラーボールでキラキラになってて、カラオケマシンのディスプレイには何かアップテンポな曲の歌詞が表示されている。

源くんは入口のところで私の手を離すと、ずんずんと部屋の中へと進んでいった。カラオケマシンの横、ステージで歌っていた修吾さんに詰め寄る。

「マイク貸してください」

目を据わらせてそんなことを言う源くんに、修吾さんは「お前どした？」と不思議そうに訊きつつマイクを貸した。

そして、源くんはマイクを手にすると。

不思議そうに成り行きを見守っているみんなを一切無視して叫んだ。

「――俺は、守崎のことが好きだっ！」

源くんの声がキンッと部屋に響く。

それから、源くんは上がった呼吸を整えるなり、マイクを持った手を下ろしてどや顔で私に言ってきた。

「いい加減わかったか！　これであとには引け――」

源くんの言葉は最後まで続かなかった。

直後、修吾さんが源くんの首に腕を回すようにして飛びつき、それに男性陣何人かが続いて源くんはもみくちゃにされた。

男子たちのバカ騒ぎを見つめ、私は全身を茹だらせてその場に座り込む。

騒ぎはその後しばらく収まらず、ビンゴは予定を十分ほど押してスタートとなった。


♪♪♪


午後九時過ぎ、色々あったクリスマスパーティは予定どおりの時刻に終了した。

お店の前で解散し、二次会に行くという大人組と、千葉駅に行くという帰宅組に分かれる。

私も後者のグループに交ざろうとしたら、コートの腕を引っぱられた。

「こっちから帰ろう」

二人で話している私たちに、すかさず誰かがヒューッと指笛を鳴らす。

私はこの寒空の下で湯気が出る心地だったけど、源くんはさくっとそれを無視して「おつかれさまでしたー」と軽く挨拶(あいさつ)すると、私を促して道を歩きだす。

「どこ行くの？」

千葉駅からは少し離れそうだ。

「ちょっと遠回りするだけ」

京成千葉中央駅前から、モノレールのレールがある通りへ出た。

居酒屋などのお店が集中している明るいエリアからは少し外れており、人通りも多くなくてたちまち不安になる。

「……ほら」

半歩前を歩いていた源くんが、手を差し出してきた。

「また夜の街は慣れてなくて怖いとか言うんだろ」

「こ、怖いなんて言ってないし！」

出された手と、源くんの顔を見比べる。

……これ、握っていいってこと？

この数時間、ドキドキしすぎてもはやヘロヘロになってきた心臓がまた動きだす。なのに勇気が出なくて迷っていると、源くんは私の手を摑んでさっさと歩きだした。

つながれた手を見つめて、これ本当に現実なんだろうかって不安になり、でもどうしようもなく熱くなってく自分の顔とか手の熱は実感できて、しまいには足がふわふわしてくる。

何度かつんのめりそうになりつつ、千葉都市モノレールの葭川公園駅を過ぎ、少しして中央公園に出た。

「遠回り、したかいがあっただろ?」

源くんがふふんと笑い、私は目を丸くして何度も頷いた。

夜の街の中で、中央公園のイルミネーションがまばゆく浮かび上がっている。

中央には大きな光のオブジェがあり、私たちのように眺めている人の姿がポツポツとある。

駅からは少し離れているので、そんなに人は多くない。

「もっと近く行こう」

手を引かれ、ぎゅっと握ってついていく。

中央公園は街のまん中にある広場のような感じで、木や植え込みはそんなに多くない。夏には親子三代夏祭りの会場になって、ステージが設置されたりもする。見通しがよく、今は人の少なさもあってガランとした雰囲気。

気持ちはこれ以上なく温かくなってる一方、凍てつく冬の空気に身体の表面からは熱が抜けていく。この数時間、色んなことに実感がわかないままだったけど、ようやく少し頭が回るようになってきたのかも。

……私今、源くんと二人でいるんだ。

改めて実感したそんな事実に、どうしようもなくほっぺたが緩む。

そうして手を握ったままオブジェのそばまで近づいて見上げた。

「綺麗……」

こんな風に、夜の街でゆっくりイルミネーションを見るなんて初めて。

夏に、夜の海を初めて見たときのことが蘇った。

あのときと同じ。

知らなかった世界の扉が開く音がする。

つないだ手の温かさと、じわりと広がる感動で呆けていたら、源くんがポツリと呟く。

「俺、明日シフト入ってるんだけど。どうしてくれんだよ」

さっきのパーティでもみくちゃにされ、からかわれまくったことを言ってるらしい。

私と同じようにイルミネーションを見上げているその横顔を見つめ、少し笑った。

「みんなの前で言ったの、源くんじゃん」

あのときのことを思い出すと、また恥ずかしくなってきた。

「……久しぶりに頭に血が上った」

源くんがあんな風にキレるなんて予想外すぎた。

あまり感情的にならない人だと思ってたけど、そんなことは全然なかったっぽい。

「それはなんかその、ごめんなさい」

じと目で見つめられて、けどすぐにその表情は解(ほぐ)れた。

「まだ『信じらんない』って顔してるし」

つないだ手の外側が冷えてきた。と思ったら、源くんは私の手を握ったまま、手をコートのポケットに突っ込んだ。

「さすがに、もう信じたよ」

「ホントかよ」

肩(かた)で小突いてくる源くんに笑った。

今なら訊いてもいいかな。

「私ね、源くんって、ずっと萌夏さんのこと好きなんだと思ってたよ」

「は？」

源くんはポカンとしたような顔になる。

「なんで？」

その声音(こわね)は、疑ってた私が本当にバカみたいに思えるくらい、あっけらかんとしてる。

「萌夏さんには、態度、柔らかかったし」

萌夏さんにも色々話は聞いてたけど、それはしないでおいた。

源くんは言葉を探すような顔になって、「なんというか」と口を開いた。

「嫌いではないし、その……ちょっと憧れた時期もあったけど。今は別に、バイトの先輩以上には思ってない」

「前、萌夏さんには笑いかけてるの見た」

「俺だって笑うことくらいあるだろ」

確かに、少し仲よくなれてからは、私にもたまに笑ってくれてた、かも。

結局、私のいつもの思い込みだったのかもしれない。

それに、源くんがちゃんと話してくれたんだから、もうこれ以上は訊かない。

すると、「一つ、訊いてもいい？」と今度は源くんの方から質問してきた。

「何？」

「なんで、ずっと俺のこと苗字呼びなの？　店で俺のこと苗字で呼ぶの、守崎だけなんだけど」

そういえばそうだった。

「最初に苗字で呼んじゃったからなんとなく……怖い人だと思ってたし」

「言っとくけど、そんなに怖い怖い言ってくんの、守崎だけだぞ」

「えー？　でも、みんな『拓真は愛想がないから』って言ってるよ」

「そうなの？」

本気でショックを受けた様子の源くんにまた笑ってしまう。今ならなんの話をしても笑えそう。

「でもさ、源くんだって私のこと、苗字で呼んでるよね？」

「まぁ……『最初に苗字で呼んじゃったからなんとなく』？」

口調を真似(まね)された。

「それに、ぶっちゃけすぐ辞(や)めると思ってた」

「意外と根性(こんじょう)あったでしょ？」

「だな」

褒(ほ)めるように頭をポンポンとされて、途端にドギマギした私を源くんも笑う。

「遅くなるとあれだし、そろそろ駅行くか。そういや、今日、門限は？」

「門限は撤廃(てっぱい)されたんだよ」

「え、そうなの？」

なんでもない話をしながら、手をつないで駅までの道を歩いてく。中央公園から千葉駅までは大通りを一直線で徒歩五分、少し行くとすぐに通りの先に駅が小さく見えてきた。

「そういや、ビンゴでもらったあれ、どうしよう。一緒に行く？」

そんな質問に、間髪いれずに「行きたい！」と答えた。

ビンゴの一等景品は、舞浜にある夢の国のペアチケットだった。当たったら源くんと行けたりしないかな……なんて淡い期待はしたけども。

ペアチケットはガルシアさんの手に渡り、そして源くんはというと三等の景品をゲットしていた。

千葉の房総、小学校の遠足などでおなじみの、「マー牧」という略称でも知られる牧場テーマパークのペアチケット。

「あ、でも結構遠いよね？　行くの大変かな？」

首を傾げた私に、源くんはすぐに答えた。

「電車とバスで行けないか調べてみる」

まさかのデートの約束までできちゃって、本当に夢じゃないかしらとほっぺたをつねりたくなってくる。

こんな風に、二人で話せる日が来るなんて思ってなかった。

こんな風に、二人で歩ける日が来るなんて思ってなかった。

こんな風に、二人で笑える日が来るなんて思ってなかった。

いつもいつも、源くんが背中を押してくれた。

だから。

「――拓真くん」

そっと名前を呼ぶと、源くんが目を丸くして足を止めた。

思っていた以上の反応に、私は慌てて説明する。

「ごめん、その……ずっと名前で呼んでみたかったから。慣れなかったらやめ――」

「やめなくていい！」

思いがけず強い口調で私を遮って、源くんは落ち着かない様子で目を逸らし、けど私の目を見返した。

「……優芽」

その口から発せられた二文字に、心臓が止まりかけた。

顔を見合わせたまま二人して固まっちゃって、つっと目を逸らした源くんに「駅行くか」と促されてついていく。

「……思ってたより、難易度高かった」

歩きながらポツリと言われ、顔を赤くしたままコクコク頷いた。

「徐々に、がんばる」

「だな。徐々に、で」

源くん——拓真くんはそのあと、私の最寄りの都賀駅で途中下車して私の家の近くまで送ってくれた。

手をふって別れるまで、その表情は柔らかいままだった。

——こういう顔を、私はずっとずっと見たかった。

クリスマスにはちょっと早いけど、もう最高のプレゼントをもらった気分。

エピローグ

年が明けて一月三日。今年初めての出勤日。

ちょっと前までクリスマスでキラキラしていた店内装飾(てんないそうしょく)は、門松(かどまつ)などの飾(かざ)りに代わって一気に和風に早変わり。そしてこれも、あと少しでハートなどのピンク色の装飾に代わるだろう。今月末から始まる新商品には、来月のバレンタインを意識したハート形のパイなどがある。

そんな新しい一年の始まりに気合いを入れて、私は新しいお客さんを迎(むか)えた。

「いらっしゃいませ、こんにちは！」

店もまだそこまで混んでない、お昼のピーク前。腰の曲がった小柄なおじいさんがカウンターまでやって来た。

「ご来場ありがとうございます。こちらでお召し上がりでしょうか？」

「はい」と答えた白髪のおじいさんは目を細め、メニューを指差しながら注文をする。

「単品で、イーサンバーガーと、ストロベリーシェイクと、」

「イーサンバーガーとストロベリーシェイクお一つずつ」

そして、注文を復唱した私を見てにこっと笑んだ。

「あなたが欲しいです」

どこにそんなものを隠し持っていたのか、まっ赤なバラを一輪差し出された。

あまりに突然のことに、店員モードもオフになってしまう。

あなた……え、私？

なんてポカンとしていたら、横から割って入ってきた拓真くんが強引にレジを交代した。

「お客さま、大変申し訳ございません。メニューにない商品は販売いたしておりません」

おじいさんは笑顔とバラをすっと引っ込めて舌打ちすると、カウンターの上に五百円玉を一枚置いた。

午後二時過ぎ、その日のシフトを終え、私は拓真くんと一緒に店を出た。

「午前中に来てた〝プロポーズじいさん〟、最近よく店に来るらしいぞ」

隣を歩く拓真くんが教えてくれる。

「そうなんだ。びっくりしちゃったよ」

お店には、本当に色んなお客さんが来る。

私たちは京成千葉中央駅から、クリスマスパーティの帰りに寄った中央公園の方へ向かう。

そこからさらに進むと、千葉神社があるのだ。もちろん、初詣の予定。

クリスマスパーティであれこれあって付き合うことになったものの、実は二人きりで出かけるのはこれが初めてだったりする。

クリスマスイブは拓真くんが、クリスマス当日は私がバイトのシフトを入れていたし、冬休みになってからも、アルバイトのシフトがかぶることはあってもオフがかぶることはなかったのだ。

「女だと見境なくナンパするって。青江さんはちゃっかりバラもらってた」

楽屋にバラが飾ってあったことを思い出して笑ってしまった。

「私、ナンパなんて初めてだよ」

そんなことを口にすると、横からじろりと睨まれた。

「間違ってもついていてくなよ」

「ついてかないよー。子どもじゃあるまいし」

「優芽はすぐ騙されそう」

名前で呼ばれてドキッとしたけど、顔に出したら負けな気がするのでそこはぐっと堪えた。

「ナンパなんておじいさんにしかされないし」

あいかわらず拓真くんは歩くのが速い。

置いていかれないように少し早歩きしてたら、ふいに手を掴まれた。

「悪い、速かった？」

「だ、大丈夫……」

まっすぐ顔を見られなくて、どうしようもなく赤くなる。

一方、拓真くんはなんでもない顔で訊いてきた。

「初詣、願いごととかもう決めてる？」

「うん」と答え、なんとか平静を装う。私ばっかりいつもこんなになっちゃうのは悔しい。

「今年も楽しくなりますよーにって」

音符がふわふわ浮かぶ、Ｅバーガー京成千葉中央駅前店の客席にある、壁の装飾を思い出す。

『Let's Enjoy!』

働いてすぐの頃は、そんなこと全然思えなかった。

けど、今なら大丈夫。

楽しんでいこう。

「すげー漠然としてんのな」

ちょっと笑われ、むくれて「拓真くんは?」と訊き返した。

できるだけさりげなく名前を呼んでみたけど、残念ながら拓真くんはやっぱり平然としてる。

「内緒」

「あ、そういうのズルい!」

「ズルいも何も、自分で勝手にバラしたんだろ」

おしゃべりしながら歩いていると、あっという間に千葉神社に着きそう。

往来する人や車は多く、新しい一年の訪れに街は浮き立っている。

出会いと別れをくり返しながら季節は巡り、私もみんなも変わってく。

私はそっと、心の中のスイッチを外してみた。

スイッチなんて、あってもなくても私は私。

つないだ手の温(ぬく)もりに気持ちが強くなるのを感じながら、新しい一年の空気を胸いっぱいに吸い込んだ。

〈終わり〉

神戸遥真（こうべはるま）

千葉県生まれ。第5回集英社みらい文庫大賞優秀賞受賞。著書に『スピンガール！』『目的地はお決まりですか？』（以上メディアワークス文庫）、「この声とどけ！」シリーズ、『ウソカレ!?』（以上集英社みらい文庫）、『きみは友だちなんかじゃない』（集英社オレンジ文庫）、『ぼくのまつり縫い』（偕成社）などがある。

恋とポテトとクリスマス Eバーガー3

2020年8月25日　第1刷発行

著者——————神戸遥真
画———————おとないちあき
装丁——————岡本歌織（next door design）
発行者—————渡瀬昌彦
発行所—————株式会社講談社
〒112-8001
東京都文京区音羽2-12-21
電話　編集　03-5395-3535
　　　販売　03-5395-3625
　　　業務　03-5395-3615
印刷所—————共同印刷株式会社
製本所—————株式会社若林製本工場
本文データ制作——講談社デジタル製作

N.D.C. 913　212p　20cm　ISBN978-4-06-520118-3

本書は書き下ろしです。

Love & Potato &

C h r i s t m a s

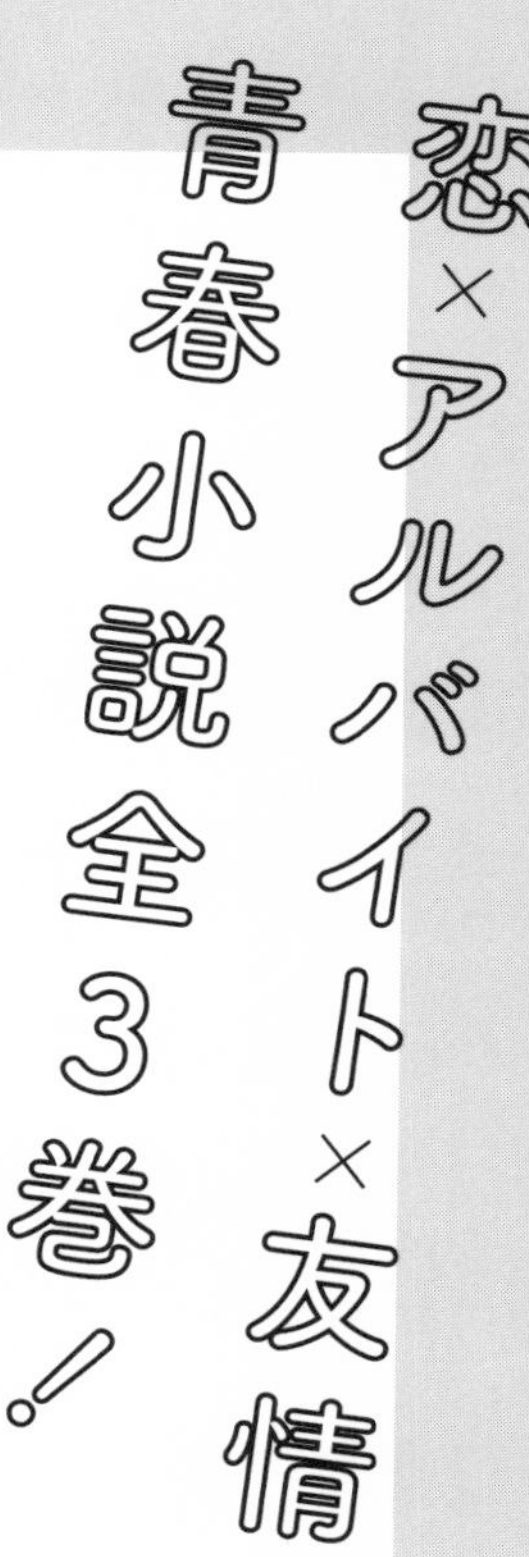

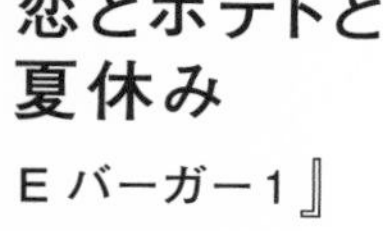

『恋とポテトと夏休み
Eバーガー1』

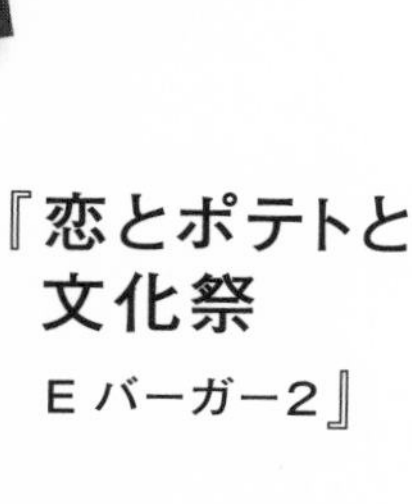

『恋とポテトと文化祭
Eバーガー2』

『恋とポテトとクリスマス
Eバーガー3』

大好評
発売中！

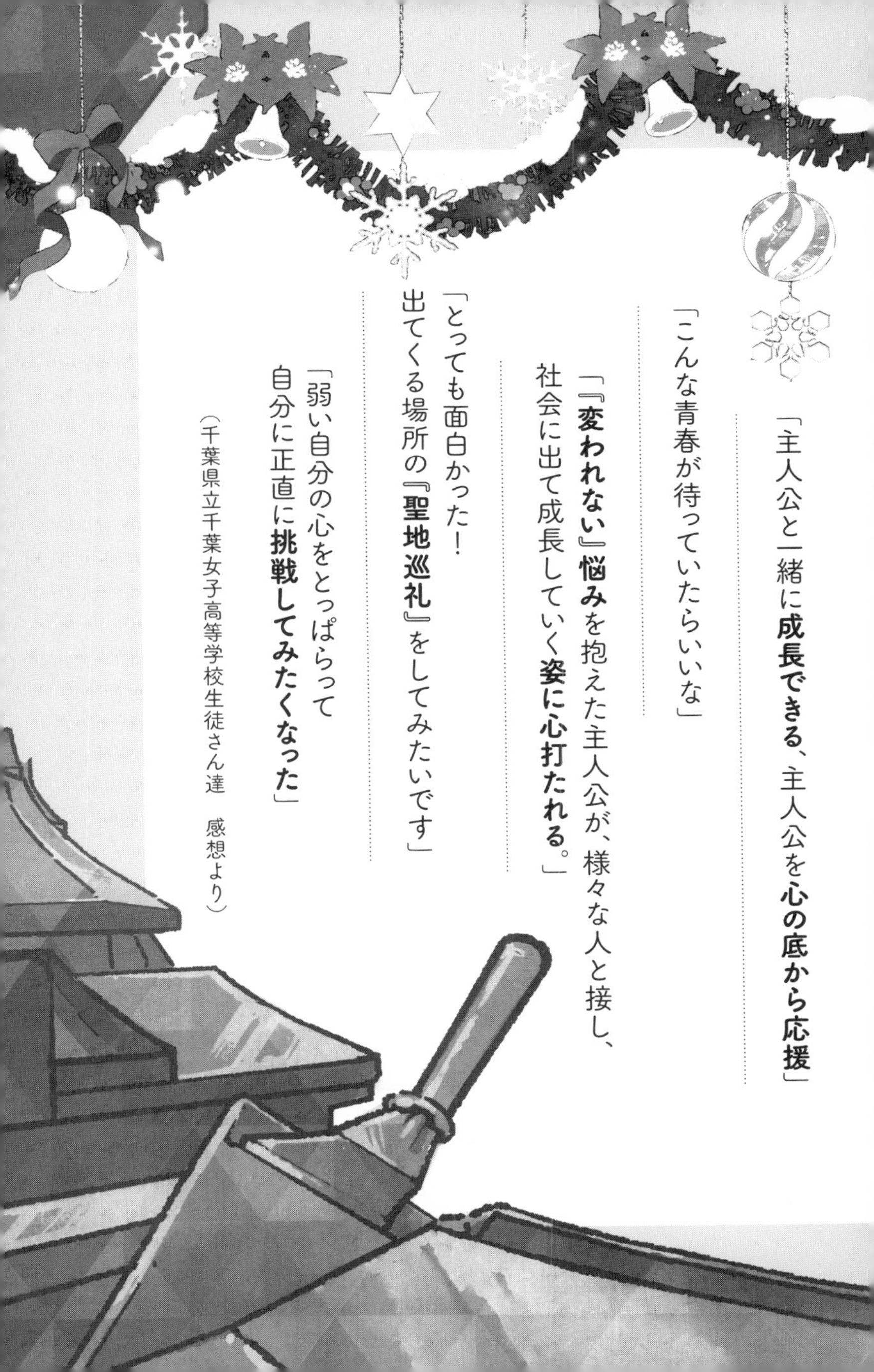

「主人公と一緒に**成長できる**、主人公を**心の底から応援**」

「こんな青春が待っていたらいいな」

「『**変われない**』**悩み**を抱えた主人公が、様々な人と接し、
社会に出て成長していく**姿に心打たれる。**」

「とっても面白かった！
出てくる場所の『**聖地巡礼**』をしてみたいです」

「弱い自分の心をとっぱらって
自分に正直に**挑戦してみたくなった**」

（千葉県立千葉女子高等学校生徒さん達　感想より）

『リマ・トゥジュ・リマ・トゥジュ・トゥジュ』

こまつあやこ

一、二〇〇円　講談社

**2019年度中学入試
最多出題作!**

中二の九月に、マレーシアからの帰国子女になった沙弥は、日本の中学に順応しようと四苦八苦。ある日、延滞本の督促をしてまわる三年の「督促女王」に呼び出されて「今からギンコウついてきて」と言われ、まさか銀行強盗？と沙弥は驚くがそれは短歌の吟行のことだった。短歌など詠んだことのない沙弥は戸惑う。

『お庭番デイズ　逢沢学園女子寮日記　上』

有沢佳映

一、四〇〇円　講談社

ピープル・ヘルプ・ザ・ピープル。

人が人を助ける。それがこの逢沢学園女子寮のモットーなんです。

「寮生にとって、学園は文字通り庭でしょ。そこで起こる困ったことに手を貸すのは、まあ、いろいろな面で余裕のある人間の役目だと思わない？」本文より。

「かさねちゃんにきいてみな」で椋鳩十児童文学賞、児童文学者協会新人賞ダブル受賞の有沢佳映氏、待望の３作目！上巻

『あおいの世界』

花里真希

一、四〇〇円　講談社

第60回講談社
児童文学新人賞
佳作受賞作品。

「わたし、いつも「クウソウ」してるの。ふきかえたら友達になっちゃうスプレーとか、いやな時間を早送りできるリモコンとか。」
空想癖のせいでクラスで浮いていた小5のあおいがカナダの小学校へ転校して半年間の成長を描く感動の物語。